韓國의 漢詩 8

孤竹 崔慶昌 詩選

한국의 한시 8

고죽 최경창 시선

허경진 옮김

평민사

많은 시인들이 그런 것처럼, 최경창도 성격이 뚜렷하였다.

당시의 재상이었던 이산해와 친밀하게 지냈었지만, 그의 성품이 공평치 못하다고 하여 교유를 끊었다. 그랬기에 그는 전라도 끝에서 함경도 끝으로 떠돌이 벼슬살이를 해야만 했다. 동서 당쟁의 소용돌이 속에서도 그는 줄곧 서인에 속했기에, 같은 전라도 출신이면서도 동인에 속해 적대관계가 된 이발을 풍자하여 〈호랑이 새끼를 얻어(養虎詞)〉를 지은 것도 그다운 행동이다.

그러면서도 그는 도학자의 모습을 지닌 것이 아니라, 풍류객의 기질을 지녔다. 그래서 북도평사 시절에는 군막 속에서도 홍랑과 붙어 지냈으며, 여러 사람들의 비난을 무릅쓰면서 그와 여러 차례 만났다가 헤어지곤 하였다. 그가 병들었다는 소식을 듣고 홍랑은 일곱 날 밤낮을 걸어서 그를 보살피러 왔으며, 그가 죽은 뒤에도 그의 시들을 간직해 두었다가 뒷날 그의 시집이 간행되게 하였다.

"묏버들 가려 꺾어 보내노라 님의 손에…"라는 홍랑의 시조와 최경창의 번역시는 아직도 많은 사람들의 입에 오르내리고 있다. 전라도의 문화적 분위기에서 성장한 그의 시는 까다로운 수사나 난해한 고사들을 배제한, 자신의 삶에서 우러나온 정서를 이해하기 쉬운 말로 표현하였다. 삼당시인 가운데 이달은 서얼이었기에 과거를 볼 수 없었으며, 백광훈은 경제적 기반이 없는 한미한 무인 집안 출신이었기에 출세에 제한이 있었다면, 그는 문과까지 급제한 보편적 사대부였다. 그러나 사림이 내부적 갈등을 노출하면서 재편성되던 시기에 그는 자신의 성격 때문에 중추적 세력에서 탈락하였다.

그래서 그의 시는 자신의 시대를 올바르지 못한 상황으로 인식하고 있으며, 그랬기에 그의 삶은 더욱 고고해질 수밖에 없었다. 낙화(落花)·낙엽(落葉)·석양(夕陽) 등의 이미지들이 불러일으키는 어둡고 우울한 정서가 그의 시에 나타나는 주조이다. 허균이 그의 시를 당나라 시인 맹교(孟郊)나 가도(賈島)의 시와 같다고 한 것은 정곡을 지른 비평이다. 허균은 또한 최경창의 시가 편마다 모두 아름다운 까닭을 "반드시 단련하고 다듬어서, 마음에 모자람이 없는 다음에라야 내어놓기 때문이다"라고 설명하였다.

이처럼 아름다운 최경창의 시가 번역 과정에서 얼마나 전달되었는지 걱정스럽다.

1990. 8.15
허경진

차례

오언율시(五言律詩) · 69

칠언율시(七言律詩) · 91

오언절구(五言絕句)

孤竹
崔慶昌

흰 모시 치마

白苧辭

예전 장안 살 때에
흰 모시 치마를 지었었지요.
그대 헤어지고 나선 차마 입을 수 없네요.
노래 부르고 춤 춰도 그대와 할 수 없으니까요.

憶在長安日、　　新裁白紵裙。
別來那忍著、　　歌舞不同君。

안악으로 좌천되는 윤자승을 보내면서
送尹子昇之郡海西

태수가[1] 서쪽으로 멀리 떠나니
서울에서 바라봐도 북쪽은 아득해라.
오늘 아침 그대에게 흘리는 눈물이
헤어지는 게 슬퍼서만은 아니라네.

五馬西歸遠、　　千門北望深。
今朝寄君淚、　　不獨別離心。

■
* 자승의 이름은 현(睍, 1536-1597)이다. 이때 이조좌랑으로 있었는데, 세
  상 사람들에게 미움을 받아, 안악 군수로 나가게 되었다. (원주)
  서인의 거두인 윤두수·윤근수 형제의 조카로, 안악 군수로 있던 1581년
  에 "구황(救荒)을 잘 했다."고 하여 표리(表裏) 한 벌을 상으로 받았다.
1) 한나라 때에 태수가 부임할 때에 타는 수레에는 네 필의 사마(駟馬) 외
  에 말 한 마리를 더 붙여 주었으므로, 지방 수령을 오마(五馬)라고 표현
  하였다.

봉은사 스님의 두루마리에다

奉恩寺僧軸

1.

은은한 풍경 소리 들려오는 듯
외로운 연기가 광릉[1] 에서 일어나네.
매화 핀 시냇가에 달도 응당 밝아서
밤들자 스님이 강을 건너 오네.

> 隱隱如聞磬、　　孤烟生廣陵。
> 梅磯月應白、　　入夜渡江僧。

2.

가을 바람이 낡은 절간에 불어오고,
산 속 빗줄기에 나뭇잎들이 울며 떨어지네.
빈 곁채는 고요해서 스님도 없는데
돌마루에 향불만 실오라기처럼 피어오르네.

> 秋風吹古寺、　　木落啼山雨。
> 空廊寂無僧、　　石榻香如縷。

---

1)《신증 동국여지승람》권6 〈광주목〉에 '경기(京畿) 광주목(廣州牧) 저도(楮
島) 남쪽 한강(漢江)에 연한 곳에 봉은사가 있다.'고 하였다. 지금도 강남
구 삼성동 수도산 그 자리에 있는데, 청담대교 바로 밑이어서 한강에서
뱃길로 접근하기 좋은 위치이다. 광주목을 광릉이라고도 하였다.

을묘왜변

乙卯亂後

한나라 장군의 신귀한 계책 모자라
변방 성에 온통 주검이 깔렸네.
군사 모으는 격문[1]은 쉬지 않고 날아서
아침저녁으로 소양에[2] 이르네.

漢將孤神策、　　邊城戰骨荒。
羽書飛不息、　　日夕到昭陽。

■
* 어렸을 때에 지었다. (원주)
　고죽이 17살 때인 1555년에 왜구 60여 척이 영암·장흥·진도 등 전라도
　일대를 휩쓸었다.
1) 위급한 일이 생겨 군사를 징집할 때에, 새의 깃털을 붙인 격문을 띄웠다.
2) 한나라 성제(成帝)가 지은 궁전. 소의(昭儀) 조합덕(趙合德)이 살았다. 그
　뒤로부터 후궁의 별명이 되었다.

남산에 올라
登南岳

푸른 종남산이
우주 사이에 우뚝 솟았네.
올라가서 내려다보니
강수와 한수도[1] 졸졸 흐르네.

蒼翠終南嶽、　　崔嵬宇宙間。
登臨聊俯瞰、　　江漢細潺湲。

■
* 아홉 살 때에 지었다. (원주)
1)《서경(書經)》하서(夏書)에 "강수(江水)와 한수(漢水)를 모아 바다로 흘러
들어가게 한다.[江漢朝宗于海]"고 하였다. 제후들이 봄에 천자(天子)를 조
현(朝見)하는 것을 조(朝)라 하고, 여름에 조현하는 것을 종(宗)이라 하
니, 조종(朝宗)은 '제후들이 천자를 조현하듯' 강물이 모여 바다로 흘러
들어간다는 뜻이다. 강수와 한수는 형주(荊州)에서 합류(合流)하여 바다
로 흘러 들어간다. 남산이 우주 가운데 우뚝 솟았다고 표현했으므로, 시
냇물을 강수와 한수에 비유한 것이다.

광탄에서 서울로 가는 이선길과 헤어지며

廣灘送別李善吉赴京

한 잔 술을 따르며
천 리 나그네 길 그대를 보내네.
헤어지는 마음을 시냇물에 부쳐
밤낮으로 서쪽을 향해 흐르게 하세나.

酌我一杯酒、　　送君千里遊。
離心寄川水、　　日夜向西流。

---

* 이름은 현배(賢培)이다. (원주)

고봉의 산속 서재

高峰山齋

오래된 고을이라 성곽마저 없어지고,
산속 서재에는 수풀이 우거졌네.
찾아온 아전들이 흩어져 쓸쓸해지자,
물 건너 저 멀리에선 다듬이 소리만 처량하구나.

古郡無城郭、　　山齋有樹林。
蕭條人吏散、　　隔水搗寒砧。

그림을 보며
詠畫

저 멀리로 해는 떨어지고
쓸쓸한 바람이 물결을 일으키네.
배 매어 둔 곳이 멀리 보이니
저쪽 강언덕에는 집들도 있겠네.

窅窅日沈夕、　　　蕭蕭風起波。
遙知泊船處、　　　隔岸有人家。

■
* 이 시는 손곡 이달과 함께 같은 그림을 보고 지은 시이다. 그래서 파(波) ·
  가(家)의 같은 운을 써서 지었다.

  먼 강 언덕에는 저녁 아지랑이 오르고
  차가운 강 위에는 흰 물결 일어나네.
  배를 대고서 사람은 뵈지 않으니
  술 사러 어부 집에라도 들어갔겠지.

용천관에서
龍川館

쌓이는 빗줄기에 나그네 길도 끊어지고
시냇물 줄기도 급하게 흐르네.
앞길을 물어볼 사람도 없어,
양책역 남쪽 다락에 시름겹게 기대어 섰네.

積雨斷行旅、　　沙川水急流。
無人問前路、　　愁倚驛南樓。

■
* 평안도 용천군은 서울에서 1,107리 떨어져 있다. 군청 동쪽 18리에 양책
역(良策驛)이 있고, 19리 되는 의주 경계에 양책관(良策館)이 있다.

초나라 곡조
楚調

초나라에서 참소를 당하던 시절
〈회사부〉¹⁾는 굴원의 원망이었네.
상강의 물결은 쉬지 않고 흘러
천 년 지난 오늘까지 그 혼백 띄어보내네.

楚國傷讒日、　　懷沙怨屈原。
湘江流不歇、　　千載寄遺魂。

---

1) 굴원이 초나라 왕궁에서 간신들에게 모함을 당하고 쫓겨나온 뒤에, 상
　강가를 떠돌아다니다가 〈회사부(懷沙賦)〉를 짓고 물에 뛰어들어 죽었
　다. 〈회사부〉는 《초사》권4 가운데 다섯 번째 노래인데, 노래 이름인 '회
　사'란 시체가 물 위에 뜨지 않게 하기 위해서 돌을 품에 껴안고 물에 빠
　진다는 뜻이다. 사마천도 《사기》열전에서 "굴원이 〈회사부〉를 짓고 드
　디어 멱라수에 빠져 죽었다" 기록하였다.

겨울날의 시름을 쓰다

冬日書懷

양주의 겨울은 춥지가 않아
섣달에도 푸른 풀이 보이네.
집은 낙양 서쪽에 있건만
돌아가지도 못하고 사람만 늙어가네.

楊州冬不寒、　　臘月見靑草。
家在洛陽西、　　未歸人欲老。

교하 원님에게 게를 구하는 시를 보내다
簡交河倅求蟹

지난 밤에 첫 서리가 내렸으니
들판에 이른 게들이 살쪘겠군요.
어량[1] 설치를 관가에서 금하니
물가로 내려가도 얻어 오기가 어렵겠지요.

昨夜新霜降、　　平原早蟹肥。
溪梁官有禁、　　下渚得來稀。

■
* 교하는 한강과 임진강이 만나는 곳에 위치한 현(縣)으로, 지금의 파주시
  교하면 일대이다. 간(簡)은 편지 삼아 보낸다는 뜻으로 썼다.
1) 조수 간만의 차가 큰 갯가나 오목하게 들어간 만(灣) 같은 곳에 물만 드나
   들 수 있도록 나무 장대를 촘촘하게 세워 물고기가 밀물을 타고 들어왔다
   가 썰물 때 빠져나가지 못하게 만드는 어살(漁箭)을 말한다.

옛 무덤
古墓

옛 무덤에 아무도 제사 드리지 않아
소와 양이 밟아서 길을 만들었네.
게다가 해마다 들불 타들어
무덤 위엔 풀마저 남아 있지 않네.

古墓無人祭、　　牛羊踏成道。
年年野火燒、　　墓上無餘草。

* 어떤 본에는 아래 구절이 "해마다 들불이 일어나 / 무덤 위의 풀들 모두
  타버렸네(年年野火生, 燒盡墓上草)"라고도 되어 있다. (원주)

신 평사와 다시 헤어지며
重別愼評事

아쉽게 헤어지느라고 날 저무는 것도 몰랐는데,
문을 나서고 보니 돌아갈 길이 아득하구나.
역관에서 하룻밤 자노라니,
비바람 불어 더욱 쓸쓸해라.

惜別不知暮、　　出門歸路迷。
都亭一夜宿、　　風雨又凄凄。

■
* 이름은 언경(彦慶)이다. (원주)
　정6품 무관인 병마도사(兵馬都使)를 1466년부터 병마평사라고 불렀다.
　평안도와 함경도에 한 명씩 있었는데, 개시(開市)에 관한 일을 맡아 보
　았다.

농가

田家

농가에 묵은 양식 다 떨어져
날마다 풋보리 바심일세.
자꾸 따먹다 보니 이삭은 벌써 다 없어졌는데
이웃집에선 아직 거두지도 않았네.

田家無宿糧、　　日日摘新麥。
摘多麥已盡、　　東隣猶未穫。

청송당에 쓰다
題聽松堂

골짜기 어구에 은사의 집이 있어
산벼랑 가는 길이 비껴 있네.
봄바람 늦은 비가 지나간 뒤에
곳곳마다 물 흐르는 소리 들리는구나.

谷口幽人宅、　　山崖去路斜。
東風晚雨後、　　處處水聲多。

■
* 청송당(聽松堂)은 성수침(成守琛, 1493-1564)의 당호인데, 경복궁 뒤 백
　악산 자락에 있었다. 현재 청운동 경기상고에 청송당 터를 알리는 청송당
　유지(聽松堂遺址)라는 바위글씨가 남아 있다.

스님의 두루마리에다

僧軸

눈보라 치는 돌문 바깥 길
어느 절 스님이 저녁에 돌아가시나.
멀찌감치 시내 건너 절 있는 걸 알겠구나.
어지러운 칡넝쿨 사이로 성긴 등불 비치네.

風雪石門路、 　　暮歸何處僧。
遙知隔溪寺、 　　荒蔓出疎燈。

중양절

重陽

왼손에는 국화꽃 가지를 들고
오른손으로는 흰 술을 따르네.
용산 서쪽에서 모자를 떨어뜨렸던[1]
아름다운 날이 구월 구일이었지.

風雪石門路、　　　暮歸何處僧。
遙知隔溪寺、　　　荒蔓出疎燈。

∎

* 선인(仙人) 비장방(費長房)이 제자 환경(桓景)에게 "9월 9일에 너의 집에
재앙이 닥칠 것이니, 빨리 가서 사람마다 붉은 보따리에 수유(茱萸)를 담
아 어깨에 메고 높은 산에 올라가서 국화주를 마시게 하라. 그러면 화를
면할 수 있을 것이다." 하였는데, 환경이 그 말대로 하고서 저녁에 내려와
보니 사람 대신에 가축들이 폭사(暴死)했다는 이야기가 《속제해지(續齊
諧記)》〈중양등고(重陽登高)〉에 전한다.
　　홀수로 된 날자가 양(陽)이어서 양이 겹치는 설날(1월 1일), 삼짇날(3월
3일), 단오(5월 5일), 칠석(7월 7일), 중양절(9월 9일)을 명절로 쳤는데,
양수(陽數) 가운데 9가 가장 큰 숫자이므로 9월 9일을 중양(重陽)이라고
하였다.

1) 진(晉)나라 정서장군(征西將軍) 환온(桓溫)이 중양일(重陽日)에 용산(龍
山)에서 주연을 베풀었을 때 바람이 불어 맹가(孟嘉)의 두건이 땅에 떨어
졌으나 맹가가 몰랐는데, 환온이 좌우의 사람들에게 말하지 말게 하고 그
의 행동을 보려 하였다. 맹가가 변소에 간 사이에 환온이 모자를 주워다
그 자리에 두고 손성(孫盛)에게 명하여 맹가를 조롱하는 글을 지어 그의
자리에 붙여 두게 하였는데, 맹가가 돌아와 보고 곧바로 화답한 글이 매
우 아름다워 모두 찬탄하였다는 용산낙모(龍山落帽) 고사가 《진서(晉書)》
권98 〈환온열전(桓溫列傳) 맹가(孟嘉)〉에 실려 있다.

불사약을 구한다지만
感興

불사약을 얻어 오래 살기를 구한다지만
백이·숙제의[1] 짧은 생애 어떠했던가.
서산의 고사리 한 번 먹었지만
맑은 이름 아직도 죽지 않았네.

採藥求長生、　　何如孤竹子。
一食西山薇、　　淸風猶不死。

---

1) 고죽자(孤竹子)는 시인 자신의 호이기도 하지만, 고죽국 임금의 아들, 즉
백이와 숙제를 뜻하기도 한다.

스님에게 부치다

寄僧

가을 산에 사람이 병들어 눕자
낙엽이 오솔길을 덮어 버렸소.
문득 서암의 스님 생각이 나서
저녁 경쇠 소리를 멀리서 듣는다오.

秋山人臥病、　　　落葉覆行逕。
忽憶西菴僧、　　　遙聞日暮磬。

■
* 가장본(家藏本)에 있는 시인데, 최백집(崔白集)을 살펴보니 백광훈의 시
가운데 적혀 있다. (원주)
《고죽유고》에 실린 〈정옥봉고죽집합간불가설(訂玉峯孤竹集合刊不可說)〉
을 보면 고경명(高敬命)이 백광훈의 시집과 최경창의 시집을 합하여 간행
하려는 논의를 주장하였고 결국에는 양가의 자손들이 합집(合集)의 서발
(序跋)을 구하였는데 최립(崔岦) 자신은 합간에 반대했다는 내용이 있다.
《고죽유고》보다 두 사람의 합집(合集)이 먼저 간행되었다는 사실은《고죽
유고》에 실려 있는 기록, "최백집(崔白集)에는 백씨(白氏)의 시로 되어 있
다."거나 "최백집(崔白集)에서 얻은 것이다."라는 편집자의 주(註),《태천
집(苔泉集)》〈척언(撫言)〉의 "근세에 최백집(崔白集)이 간행되었다[近有
崔白集行于世]"라는 기록 등을 통해서도 알 수 있다. 이 합집의 발간시기
는 정확히 알 수 없으나 최경창이 죽은 뒤인 1583년에서 고경명이 죽은
1592년 사이에 발간되었던 듯하다.

칠언절구(七言絕句)

孤竹
崔慶昌

대은암
大隱巖

문 앞에 들끓던 수레와 말들도 모두 연기처럼 흩어졌으니
대감의 화려한 풍류도 백 년을 넘기지 못했구나.
한식을 지내느라고 깊은 골목은 고요키만 한데,
낡은 담장을 둘러가며 수유꽃만 피었네.

門前車馬散如煙、　　　相國繁華未百年。
深巷寥寥過寒食、　　　茱萸花發古墻邊。

---

* 대은암(大隱巖)과 만리뢰(萬里瀨)는 모두 백악산(白嶽山) 기슭에 있는데,
영의정 남곤(南袞)의 집 뒤이다. 박은(朴誾)이 이름을 붙이고 시를 지었
다. "주인이 산봉우리에 있는데, 우리 집 향 피우는 화로라네. 주인이 계
곡에 있는데, 우리 집 낙숫물이라네. 주인이 벼슬 높아 세력이 불꽃 같으
니, 문 앞에 거마(車馬)들 많이도 문안 왔네. 3년 가야 하루도 동산은 들
여다보지 않으니, 만일에 산신령이 있다면 응당 꾸지람을 받았으리. 손님
이 왔는데 다른 사람 아니고, 주인의 친구일세. 문 앞을 지나며 차마 들어
가지 않을 수도 없고, 발걸음 당장 돌리는 것도 도리 아니라, 바위 사이에
서 잠시 쉬니, 풍경을 참으로 뜻밖에 만났네. 물결이 감추어져 안개로 쌌
다가 나를 위하여 열리니, 울던 학과 우는 원숭이 놀라지도 않누나. 주인
이 금옥(金玉) 있으면, 열 겹으로 싸 두어 누구에게 함부로 주랴. 자물쇠
굳게 봉하여 밤중에도 지키나, 시내와 산에 한낮이 옮아간 줄을 모르네.
앉아 있은 지 오래니 날 저물어, 흰 구름 먼 산에서 일어나네. 무심하기는
내가 저 구름보다 못하고, 자취 있으니 스스로 부끄럽구나."

무릉계곡
武陵溪

2.
위태한 바위 사이로 겨우 한 줄기 좁은 길 트였지만
천 년 전 신선의 자취는 흰 구름이 숨겼네.
무릉교 남에도 북에도 물어볼 사람은 없고
잎 떨어진 나무와 차가운 시냇물만 골짜기에 가득해라.

危石纔教一逕通。　　白雲千古秘仙蹤。
橋南橋北無人問、　　落木寒流萬壑同。

---

* 무릉 계곡은 가야산에 있는데, 신라 말기의 시인 고운 최치원이 놀던 곳
  이다. 천년 전 신선은 물론 최치원이다.

사명을 받고 함경도로 가는 정철에게

送鄭繡衣季涵之北關

함경도길 북쪽으로 올라가자니 말은 자꾸 거꾸러지는데
눈 덮인 고개 서쪽을 보니 바다가 하늘과 닿았네.
나그네 길 어디에서 중양절을 맞을는지
노란 국화는 옛 성가에서 떨어지겠지.

咸關北上馬頻顚。　　雪嶺西看海接天。
客路重陽又何處、　　黃花冷落古城邊。

---

* 정철이 31세 되던 1566년에 사명을 받고 함경도로 떠나게 되자 고죽이
  이 시를 지어 주었는데, 정철이 시월에 함흥에 이르러 국화를 처음 보고
  이런 시를 지었다.

  가을 다 지난 변방에 기러기 슬피 울어
  돌아가고픈 생각으로 망향대에 올랐네.
  은근해라 시월달 함흥의 국화는
  중양절 위해 핀 게 아니라 나그넬 위해 피었구나.
  —《송강집》원집 권1

봉은사 스님의 시축에다

奉恩寺僧軸

1.

삼월이라 광릉에는 꽃이 산에 가득했는데
비 개인 강, 흰 구름 사이로 돌아왔네.
배 안에서 뒤돌아보며 봉은사를 가리키노라니
소쩍새 울음소리에 스님은 문을 닫네.

三月廣陵花滿山。　　晴江歸路白雲間。
舟中背指奉恩寺、　　蜀魄數聲僧掩關。

삼십 년 만에 보운 스님을 만나
重贈寶雲

서울에서 한번 헤어진 지 삼십 년 만에
여기서 다시 만나니 도리어 서글퍼라.
예전의 스님[1] 모습은 지금 어디 있나.
그 옛날 어린애가 흰 머리 되었으니.

一別金陵三十年。   重逢此地却悽然。
白蓮社老今誰在、   舊日兒童雪滿顚。

■
1) 진(晋)나라 혜원법사(慧遠法師)가 여산 호계(虎溪) 동림사에 있을 때에,
   혜영·도생 등의 스님들과 뇌차종·종병·유유민 등의 이름난 선비들이 모
   여들었다. 모두 123명이 미타불상을 세우고, 서방정토에 가기를 빌었다.
   절에다 흰 연꽃을 심었기에 이름을 백련사(白蓮社)라고 하였는데, 사령
   운·도연명 같은 시인들도 모여들었다. 이 시에서 '백련사로'란 시를 아는
   보운 스님을 뜻하는 듯하다.

무릉계곡에서
武陵溪

돌아올 때 낙엽이 가을 산에 가득한데,
한 줄기 맑은 시냇물이 바위 사이로 뒤섞여 흐르네.
성 북쪽 성 남쪽에도 사람은 뵈지 않고,
쓸쓸한 갈가마귀만 저녁놀 속으로 날아가네.

歸時落葉滿秋山。　　一路晴川亂石間。
城北城南人不見、　　寒鴉飛盡夕陽殘。

성진 상좌스님에게 부치다

寄性眞上座僧

띠로 엮은 암자가 흰 구름 사이에 얹혀 있는데,
늙은 스님은 서쪽으로 노닐러 가서 오래도록 돌아오지 않네.
누렇게 물든 나뭇잎 날리며 성긴 빗줄기가 지나간 뒤에,
차가운 경쇠를 홀로 두드리다 가을 산 속에서 잠드네.

茅菴寄在白雲間。　　丈老西遊久未還。
黃葉飛時疎雨過、　　獨敲寒磬宿秋山。

행사 스님에게 주다
贈行思

무주선사[1]를 사람들이 알아보지 못해
때때로 나그네 되어 장안에서 취하시네.
턱을 괴고 잠시 북창 가에서 졸다가
문득 종소리 듣고 옛 산으로 돌아가시네.

無住禪師人不識、　　有時爲客醉長安。
支頤蹔就北窓睡、　　忽聽鍾聲還舊山。

■
1)《화엄경(華嚴經)》권13에 "한 생각으로 무량겁을 두루 살펴보니, 과거도
없고 미래도 없고 또한 현재의 머묾[無住]도 없네. 이와 같이 삼세의 일을
다 알고 나면, 모든 방편을 초월하여 부처와 같은 능력을 이룰 것이다.[一
念普觀無量劫 無去無來亦無住 如是了知三世事 超諸方便成十力]"라고 하였
다. 이 시에서 무주선사는 행사 스님을 가리키는 듯하다.

변방 싸움터에서
邊思

어렸을 때 집을 떠나 편지도 드물어라.
가을이 왔건만 아직도 싸움하던 옷 그대로 입고 있네.
성머리에서 불어대는 나팔 소리가 찬 서리 내리길 재촉하자,
누런 느릅나무[1] 잎새 하룻밤에 다 날렸네.

小少離家音信稀。　　秋來猶著戰時衣。
城頭畫角吹霜急、　　一夜黃楡葉盡飛。

■

1) 《한서》권52 〈한안국전(韓安國傳)〉에 "그 뒤에 몽염(蒙恬)이 진(秦)나라
를 침범하는 오랑캐를 막기 위해 수천 리를 개척하여 하수(河水)로 경계
를 삼은 다음에 돌을 쌓아 성을 만들고 느릅나무[楡]를 심어 울타리를 만
들어 놓으니, 흉노가 감히 하수에 와서 말에게 물을 먹이지 못하였다."라
고 하였다. 변경의 요새를 유새(楡塞)나 유림새(楡林塞)라고 하였다.

왕소군의 원망

昭君怨

어제 밤 선우가 백룡[1]에서 싸우더니
아침 되자 선발대가 사막에 모였구나.
화장 거울 억지로 가지고 궁전 앞에 이르니
시름겨운 눈썹으로 화공이 잘못 그렸네.[2]

昨夜單于戰白龍。　　朝來先隊已沙中。
强携粧鏡臨前殿、　　自是愁眉畫不工。

■

* 〈소군원(昭君怨)〉은 악부 금곡(琴曲)의 제목으로, 왕소군(王昭君)이 흉노에게 시집간 후에 지은 것이라고 한다. 이후 여러 문인들이 이 제목으로 악부시를 지었다. 왕소군(王昭君)의 본명은 왕장(王嬙)이고 소군은 그의 자(字)였는데, 진(晉)나라 때 사마소(司馬昭)의 이름을 휘(諱)하기 위하여 이렇게 불렀다.

1) 총령(蔥嶺) 근처에 있는 사막인 백룡퇴(白龍堆)를 가리키는데, 일반적으로 변경 밖의 먼 지역을 뜻한다.

2) 한나라 원제(元帝)는 후궁이 매우 많았기 때문에 화공을 시켜 궁녀들의 초상을 그리게 하여 그림을 보고 마음에 든 궁인을 골라서 침소(寢所)에 들이곤 하였다. 그러므로 궁인들이 모두 화공에게 뇌물을 바쳐 자기 초상을 잘 그려 주도록 하였으나, 왕소군은 자신의 미모를 믿고 뇌물을 바치지 않기 때문에 화공이 늘 그의 초상을 밉게 그려 끝내 원제의 사랑을 받지 못했다. 그러다가 흉노의 호한야선우(呼韓邪單于)가 입조(入朝)하여 미인(美人)을 요구하자 화친하기 위해 흉노의 선우에게로 보내지게 되었는데, 흉노로 떠날 적에 원제가 불러 보고는 대단한 미인인 것을 알고 크게 아쉬워하여, 뇌물을 받은 화공들을 처벌하였다.《한서(漢書)》권94〈흉노전(匈奴傳)〉

헤어지면서
贈別

* 최고죽(崔孤竹)의 〈증홍랑시서(贈洪娘詩序)〉에 이렇게 썼다.
  "만력(萬曆) 계유년(1573) 가을에 내가 북도평사(北道評事)로 막사에 있을 때에 홍랑(洪娘)이 막사에 따라와 있었다. 이듬해 봄에 내가 서울로 돌아가게 되자, 홍랑이 쌍성(雙城)까지 따라왔다가 헤어져 돌아가는 길에 함관령(咸關嶺)에 이르렀다. 마침 날이 저물고 비가 내려 어두워지자 노래 한 장을 지어 나에게 부쳤다. 을해년(1575)에 내가 병이 깊어 봄부터 겨울까지 침상을 벗어나지 못햇는데, 홍랑이 그 소식을 전해 듣고 그날로 떠나 이레 밤낮만에 서울에 이르렀다. 때마침 양계(兩界) 주민의 이동을 금하는 조치가 있었던데다, 국휼(國恤)을 당해 소상(小祥)은 비록 지났지만 평일과는 같지 않아서 홍랑도 살던 곳으로 되돌아갔다. 이별에 즈음하여 시 2수를 지어서 준다."
  그 가운데 한 수는 이렇다. (다음의 시 제2수. 줄임)
  고죽(孤竹)의 후손에게 들으니, 홍랑은 홍원(洪原)의 기생 애절(愛節)이다. 얼굴이 아름다웠는데, 고죽이 죽은 뒤에 스스로 자기 얼굴을 헐고 파주에서 시묘(侍墓) 살이를 하였다. 임진(1592)·계사(1593) 난리에 고죽시고(孤竹詩稿)를 이고 다녔기에 병화(兵火)에 잃지 않을 수 있었다. 홍랑이 죽자 고죽의 무덤 아래에 장사지냈으며, 아들 하나가 있다.《고죽집(孤竹集)》에 이 시를 실을 때에 (최경창이 지은) 이 서(序)는 싣지 않았으니, 후세 사람들이 '함관의 옛 노래가 있다'는 말을 어떻게 알 수 있겠는가? 그래서 (이 사연을) 기꺼이 기록한다. -남학명(南鶴鳴)《회은집》제5〈잡설 사한(詞翰)〉
** 최경창이 홍랑에게 위의 시 2수를 지어 주면서 서(序)도 함께 지어 주었는데, 이 서(序)가《고죽유고》에 함께 실리지 않아 이 시를 언제 누구에게 왜 지어 주었는지 배경을 알 수 없었다. 최경창이 서에 밝힌 것처럼 함경도 주민들이 마음대로 다른 지역으로 이사하거나 여행할 수 없는데다가 인순대비의 국상까지 당한 시기였으므로, 사대부들의 불법 행위를 탄핵하는 언관(言官)으로 있던 최경창이 함경도에서 찾아온 홍랑을 만난 것 자체가 불법이었다. 최경창은 실제로 이 일 때문에 탄핵을 당했으므로, 후손들이 문집을 편집할 때에 그 사연을 삭제한 것이다.

1.

옥같은 뺨에 두 줄기 눈물 흘리며 서울을 나서니
새벽 꾀꼬리가 헤어지는 걸 알고서 수없이 울어주네.
비단옷에 좋은 말로 관문 밖 나서면
아득한 풀빛만이 혼자 배웅해 주리.

玉頰雙啼出鳳城。　　曉鶯千囀爲離情。
羅衫寶馬汀關外、　　草色迢迢送獨行。

■

최경창은 서울로 올라온 홍랑을 만나던 즈음 1575년 12월 22일에 사간
원 정언(正言 정6품)에 임명되었다가 이듬해에 이 문제로 탄핵당하였는
데,《선조실록》에 그 일이 기록되어 있다.
"사헌부가 아뢰었다. '전적(典籍) 최경창은 식견이 있는 문관으로서 몸가
짐을 삼가지 않아 북방(北方)의 관비(官婢)를 몹시 사랑한 나머지 불시
에 데리고 와서 버젓이 데리고 사니 이는 너무도 거리낌없는 짓입니다.
파직을 명하소서.' (왕이) 아뢴 대로 하라고 답하였다." -《선조실록》9년
(1576) 5월 2일

2.
애틋하게 바라보며 그윽한 난초를 건네주니
이제 하늘 끝으로 가버리면 언제나 돌아올까.
함관의 옛 노래[1]는 부르지 마오.
지금은 운우의 정이 푸른 산을 뒤덮었네.

相看脈脈贈幽蘭。　　此去天涯幾日還。
莫唱咸關舊時曲、　　至今雲雨暗靑山。

■
1) 홍랑이 1574년 함관령에 이르러 지었다는 노래는 시조이다.

　묏버들 갈히 것거 보내노라 님의 손듸
　자시는 밧긔 심거 두고 보쇼셔
　밤비예 새닙곳 나거든 날인가도 너기쇼셔

버들개지

柳絮

남북으로 날리다가 금세 동서로
온종일 흩날리다가 진흙탕에 떨어지네.
나 또한 넘어지고 미친 듯한 게 너와 같아서
진나라 갔다가 초나라 갔다가 또 제나라로[1] 가네.

纔飛南北更東西。　　　竟日飄揚忽墮泥。
我亦顚狂眞似爾、　　　之秦之楚又之齊。

■
* 임석천(林石川)의 운이다. (원주)
　석천은 시인 임억령(林億齡, 1496-1568)의 호이다.
1) 진나라는 중국 북서쪽 끝에 있고, 초나라는 중국 남쪽 끝에 있으며 제나라
　는 중국 동쪽 끝에 있다. 아주 멀리 떨어진 곳을 말할 때에 이 나라 이름
　들이 많이 쓰였다.

낙하에서 절구2수
洛河二絶

2.

나루지기 아전이 떠나는 배에 절하네.
삼월이라 구당[1]에서 급류를 따라 흘러가네.
한평생 서로 알던 사이도 아니건만
인간 세상 이별은 모두가 시름겹구나.

津亭守吏拜行舟。　　三月瞿塘下急流。
不是平生舊相識、　　人間離別摠堪愁。

* 낙하(洛河)는 파주 일대의 임진강 하류를 지칭한다. 낙수(洛水) 북쪽에 있
  던 나강(洛陽)이 주나라 이후 여러 차례 도읍이 되었으므로, 우리나라에
  서 서울을 낙양이라고 부르기도 했다.
1) 사천성 봉절현 동남쪽 양자강 가운데 있는 골짜기. 양쪽의 강 언덕이 모
   두 가파르며, 강물의 흐름이 매우 빠르다. 초(楚)와 촉(蜀)으로 들어가는
   곳이어서, 예전부터 관문이 있었다. 나중에 최당관(崔唐關)이라고 이름을
   바꿨다. 당나라 때부터 시에서 이별하는 곳으로 많이 쓰였다.

평양에서 백광홍의 관서별곡을 들으며
箕城聞白評事別曲

금수산 아지랑이 속 경치는 옛 그대로이고
능라도 풀꽃들도 이젠 봄빛 완연해라.
그대 떠난 뒤로 소식 하나 없기에
〈관서별곡〉 한 가락 들으며 수건에 눈물 가득해라.

錦繡煙花依舊色、　　綾羅芳草至今春。
仙郎去後無消息、　　一曲關西淚滿巾。

* 백광홍(白光弘, 1522-1556)은 고죽과 함께 삼당시인으로 활동하였던 백
  광훈의 형인데, 평안도 병마평사(정6품)을 지냈다.
** 백광홍이 예전에 사랑하던 기생에게 최경창이 시를 주었다. (시는 줄임)
  백광홍이 일찍이 평안감사로 있다가 죽었는데, 그가 지은 〈관서별곡〉은
  지금도 기방에서 전해 불려지며, 기생들은 듣기만 하고도 눈물을 흘린다
  고 한다. 그래서 그렇게 시에서 말한 것이다. '금수연화'나 '능라방초' 같
  은 구절은 모두 〈관서별곡〉에 나오는 말들이다." −이수광《지봉유설》

양조의 사당을 지나며

過楊照廟有感

운중에 날은 저물고 불빛만이 산을 비추니
선우는 이미 녹두관 가까이 왔네.
장군이 홀로 천 사람을 거느리고 떠나서
한밤중 노하를 건너 싸웠지만 돌아오지는 못했네.

■

* 총병 양조는 중국의 명장인데, 최경창이 북경에 갔을 때에 그 사당이 영
원위(寧遠衛)에 있었다. 공이 시를 지었는데(위의 시 줄임). 훌륭한 작품
이다. 그러나 녹두관은 요(遼) 땅이 아니고 계() 땅이다. 게다가 운중·요
하도 모두 땅 이름이니, 겹친 것 같다. ─이수광《지봉유설》

**양조(楊照)는 명나라 요동 총병관(遼東摠兵官)으로, 자는 명원(明遠)이다.
허봉(許篈)이 명나라에 사신으로 가다가 양조의 사당에 들려 기록을 남
겼다.
"저녁에 전둔위(前屯衛)에 이르러 서문으로 들어가서 문묘(文廟)를 지나
칙사 포충묘(勅賜襃忠廟)에 이르렀다. 우리가 문을 열고 들어가 보니 바
로 총병(總兵) 양조(楊照)의 사당이었다. 정당(正堂) 가운데에는 소상(塑
像)을 놓아 두고 좌우에는 전란에 죽은 동시의 휘하 사람을 늘어놓았는
데, 기운이 삼엄하여 날아 움직이는 것 같아서 사람으로 하여금 늠름하
게 하였다. (줄임) 동·서랑(東西廊)의 벽에는 양총병이 달자(韃子)와 싸
워서 승리한 상황이 그려져 있는데, 대략 비문에 기록된 내용을 보면, 양
조가 오랑캐 진중에 깊숙이 들어가서 200여 급(級)의 머리를 참(斬)하다
가 화살을 맞고 운명하였으며, 그의 시체를 거두어 온 사람이 그의 몸을
보니 앞뒤에 모두 '진충보국(盡忠保國)'이라는 네 글자를 새겼다고 하였
다."─허봉《조천기 하》갑술년(1574) 9월 19일

***(최경창이) 충장공(忠壯公) 양조(楊照)의 무덤에 지은 시는 다음과 같
다. (위의 시 줄임) 이 시는 당나라 시인의 수준에 못지 않으니 중원(中
原)에서 사랑을 받는 것이 당연하다. ─허균《학산초담(鶴山樵談)

日暮雲中火照山。　　單于已近鹿頭關。
將軍獨領千人去、　　夜渡蘆河戰未還。

천단2수
天壇 二首

1.

한밤중 천단에서 흰 구름을 다 쓸어내고,
향을 사르며 멀리 하늘나라 임금을 향해 절하네.
달빛 속엔 절하는 그림자뿐 사람은 보이지 않는데,
천 겹이나 되는 구슬나무가 궁궐 문을 에워쌌구나.

午夜天壇掃白雲。　　焚香遙禮玉宸君。
月中拜影無人見、　　琪樹千重鎖殿門。

■
* 최경창의 자는 가운인데, 융경 무진년(1586)에 진사가 되었다. 벼슬이 종
성부사에 이르렀지만, 사건이 생겨서 품계가 깎여졌다. 국자직강(國子直
講)을 제수받고는 죽었다. 그가 일찍이 중국 서울에 간 적이 있었는데, 조
천궁에서 이런 시를 지었다(위의 시). –허균《학산초담》
** 천단(天壇)은 환구(圜丘)라고도 하는데, 황제가 하늘에 제사하는 단(壇)
이다. 북경의 정양문(正陽門) 밖에 있는데, 명나라 가정(嘉靖) 연간에 세
웠다. 예로부터 '천원지방(天圓地方)'이라 하여 하늘에 제사하는 단은 둥
글게, 땅에 제사하는 단은 모나게 쌓았다. 흰돌과 청유리로 된 3층 원추형
건물이다.

2.

신선 세계의 이슬 기운이 구슬 궁궐을 적시었는데,
봉황피리 소리만 돌고 돌 뿐 달은 하늘에 있네.
동산 길에는 이제 수레도 다니지 않는데,
푸른 복사꽃 붉은 살구꽃만 스스로 봄바람에 겨워라.

三淸露氣濕珠宮。　　　鳳管徘徊月在空。
苑路祗今香輦絶、　　　碧桃紅杏自春風。

고죽성

孤竹城

백초(白草)[1]와 황사(黃沙)가 만여 리이니
이 땅의 유래가 나의 애를 끊어지게 하네.
노룡새(盧龍塞)[2] 위에서 새해를 만나
고죽성[3] 머리에서 고향을 바라보네.

白草黃沙萬餘里、　　　由來此地斷人腸。
盧龍塞上逢新歲、　　　孤竹城頭望故鄕。

---

1) 목초(牧草)의 일종으로, 건조할 때 흰색이 되어 붙여진 이름이라 한다. 주로 황사(黃沙)와 함께 변경 지역의 황량한 풍경을 말할 때 쓰이는 표현이다.

2) 조선에서 북경으로 가는 도중에 있던 요새로, 지금의 중국 하북성(河北省) 천서현(遷西縣)과 관성현(寬城縣) 사이에 있는 희봉구(喜峯口)에 해당한다. 좌측에 매산(梅山), 우측에 운산(雲山)을 끼고 있다.

3) 백이(伯夷)와 숙제(叔齊)가 은(殷)나라에서 봉(封)을 받은 나라인 고죽국(孤竹國)에 있는 성으로, 중국의 요서(遼西) 지방 난하(灤河)와 대릉하(大凌河) 사이에 있는 노룡현(盧龍縣)에 있었다. 백이와 숙제는 주나라 무왕(武王)이 은나라 주왕(紂王)을 토벌하는 것에 반대하고 수양산(首陽山)에 숨어 지내다가 끝내 아사(餓死)하였다고 하여, 후대에는 절개를 지킨 대표적인 사람으로 칭해진다.

연산 가는 길에서
連山道中

이별의 슬픔 끝없이 하늘 서쪽 나서니
변방의 풀은 구름까지 닿고 저녁 해는 떨어지네.
고향 차츰 멀어지자 사람들 말씨도 달라지니
길 잃어도 어디서 물어야 할지 모르겠구나.

離愁浩蕩出天西。　　塞草連雲落日低。
鄕國漸遙人語異、　　不知何處問途迷。

＊　조선시대에 사신이 중국으로 가는 길에 구련성(九連城)에서 심양(瀋陽)
사이에 설치된 여덟 군데의 역참(驛站)을 동팔참(東八站)이라고 하는데,
그 가운데 하나가 연산관(連山關)이다.

대동강 누선에 시를 쓰다
浿江樓舡題詠

강 언덕엔 한가로이 버들만 드리웠는데
조각배에선 연밥 따는 노래를 다투어 부르네.
붉은 연꽃[1] 다 떨어지고 하늬바람도 차가워지니
날 저문 모래펄엔 흰 물결만 일어나네.

水岸悠悠楊柳多。　　小舡遙唱采蓮歌。
紅衣落盡秋風起、　　日暮芳洲生白波。

■
* 정지상(鄭知常)의 〈서경시(西京詩)〉

비 개이자 긴 둑에 풀빛 더욱 푸른데
남포로 님 보내며 슬픈 노래를 부르네.
대동강 물은 언제 가야 마르겠나
해마다 이별의 눈물 푸른 물결에 더 보탤 것을.

는 지금에 와서도 뛰어난 노래라고 말들 한다. 대동강 다락에다 시 지은
것을 걸어 두었는데, 중국에서 사신이 오면 그것들을 모두 걷어치우지만,
오직 이 시만은 그대로 두었다. 그 뒤에 최경창이 이 시에다 화답했고(위
의 시), 이달도 이 시에 화답하였다(이달의 시도 줄임). 그러나 이 시들
은 〈채련곡(采蓮曲)〉이지, 〈서경송별시(西京送別詩)〉 본래의 뜻은 아니다.
　　　　　　　　　　　　　　　　　　　　　　　　　　-허균《성수시화》
1) 당나라 허혼(許渾)의 시 〈추만운양역서정연지(秋晚雲陽驛西亭蓮池)〉에
　"안개가 취선(翠扇)에 걷히니 맑은 바람 부는 새벽이요, 물이 홍의(紅衣)
　에 잠기니 흰 이슬 내리는 가을일세.[煙開翠扇淸風曉 水泥紅衣白露秋]"라
　고 하였다. 홍의(紅衣)는 연꽃의 별칭이다.

연광정 시를 이순과 입지에게 보이다
練光亭示而順立之

명주같이 맑은 강물이 붉은 정자를 적시고
안개 낀 숲 희미해서 멀리 바라보네.
밤 깊도록 노래와 춤 끝나기 기다렸다가
달 밝은 밤 외로운 성에 기대어 젓대를 부네.

澄江如練浸紅亭。　　煙樹依微極望平。
待得夜深歌舞散、　　月明吹笛倚孤城。

■

* 원제목에 나오는 이순(而順)은 고경명의 자이고, 입지(立之)는 최립의 자
  이다.
** 연광정은 평양부의 대동강(大同江) 가 덕암(德巖) 위에 있는 정자로 감사
   허굉(許硡, 1471~1529)이 지었으며, 관서팔경 가운데 하나이다.

제목도 없이
無題

당신은 서울에 살고 나는 양주에 살아,
날마다 당신 그리워하느라고 푸른 다락에 올랐지요.
풀은 더욱 우거지고 버들은 늙어가는데,
서쪽으로 흐르는 물만 저녁놀 속에 바라봅니다.

君居京邑妾楊洲。　　日日思君上翠樓。
芳草漸多楊柳老、　　夕陽空見水西流。

영월루에서
映月樓

4.

옥난간에 가을 들자 이슬 기운 맑은데
수정발 싸늘하니 달빛 더욱 밝아라.
난새 수레는 오지 않고 은하 다리도 끊어지니
서글프게도 선랑(仙郎)께선 백발만 성성하구나.

玉檻秋來露氣淸。　　水晶簾冷桂花明。
鸞駿不至銀橋斷、　　惆悵仙郎白髮生。

■
* 영월루는 함경도 안변 석왕사에 있다.

성진 스님께

贈性眞上人

지난해 배를 댈 때 절간에 비가 내려
물가에서 꽃 꺾어 나그넬 보냈었지.
스님은 이별의 슬픔 아랑곳 않고
문 닫아걸고 무심하게 또 한 봄을 보내시네.

去歲維舟蕭寺雨、　　折花臨水送行人。
山僧不管傷離別、　　閉戶無心又一春。

봉은사에서 배 타고 돌아오며

自奉恩歸舟

떠나기에 앞서 매화를 꺾어들고
백사장에 걸어 나가자 해가 또 기우네.
강물 돌고 산 움직이며 배가 멀어지니
헤어지는 슬픔이 온 강에 가득 풍파를 일으키네.

歸人臨發折梅花。　　步出沙頭日又斜。
水轉山移舟去遠、　　滿江離思起風波。

가을날 여관에서

旅館秋思

가을 들면서 한양성을 마음 아프게 그리워하네.
남쪽으로 날아가는 기러기 한 마리를 앉아서 부러워하네.
고향의 스님을 만나서 반나절 이야기하노라니,
변방 하늘 차가운 빗줄기가 고향에 못 가는 내 마음일세.

秋來苦憶漢陽城。　　坐羨南飛一鴈輕。
逢着鄕僧半日話、　　塞天涼雨未歸情。

양주 성목사에게 부치다

寄楊州成使君

관청 앞 다리에 눈이 개이고 새벽은 매우 차가운데,
아전은 문 앞에서 아침 일거리를 아뢰는구나.
사또께서 늘 늦게 나오시는 걸 이상하게 생각지 말게.
취한 채로 동쪽 장지를 열고 매화를 즐기신다네.

官橋雪霽曉寒多。　　小吏門前候早衙。
莫怪使君常晏出、　　醉開東閣賞梅花。

* 성의국(成義國)이 양주 목사가 되었을 때에 매화라는 기생을 사랑하였는
  데, 그에게 빠지고 매혹되어 정사를 돌보지 않았다. 그래서 최경창이 시
  를 지어 보냈다(위의 시). –이수광《지봉유설》
** (성사군의) 이름은 의국(義國)이다. (원주)
  한나라 때에 태수(太守)를 부군(府君)이라 칭하고 자사(刺史)를 사군(使
  君)이라 칭하였으며, 또 사명(使命)을 받든 관원도 사군이라 칭하였다. 양
  주가 목(牧)이었으므로, 이 시에서는 목사로 번역하였다.

강가의 다락에서

江樓

광릉성 가에는 술집도 많아,
붉은 주렴 푸른 휘장이 흐르는 강물에 비쳤지.
달 밝은 밤엔 노래하고 춤추며 그 속에서 잤는데
비구름처럼 흩어져 옛날 놀이가 간 데 없구나.

廣陵城邊多酒樓。　　紅簾綠幕映江流。
月明歌舞此中宿、　　雨散雲飛空昔遊。

절간 벽에다
題寺壁

1.

어제 놀던 사람이 오늘 다시 와보니,
빈 암자에 향불이 반이나 재가 되었네.
밤새도록 눈이 내려 오솔길을 덮자,
스님은 다른 산에서 자고 돌아오지 못했네.

昨日遊人今又來。　　空庵香火半成灰。
無端夜雪埋幽逕、　　僧在他山宿未廻。

수종사에서 배 타고 돌아오며 스님에게
自水鍾歸舟贈僧

강어귀에서 스님과 헤어지고 홀로 배에 오르노라니,
삼월의 아지랑이가 넓은 물가에 가득해라.
오늘밤 헤어지는 마음을 그대는 모르겠지.
낙양에는 비바람 문 닫고 시름겨울 텐데.

離僧江口獨登舟。　　三月烟花滿廣洲。
今夜別懷君不見、　　洛城風雨閉門愁。

* 수종사(水鍾寺)는 조곡산(早谷山)에 있다. 절이 높은 정상에 자리 잡았
고, 동쪽으로 용진(龍津)에 임하였다. 본조의 세조(世祖)가 일찍이 이 절
에 행차하였는데 땅을 파서 샘물을 얻고 또 작은 종(鍾)을 얻었다. 그래서
이와 같이 이름 지었다. −《동국여지지(東國輿地志)》권2 〈광주목〉 삼당
시인들이 자주 다닌 봉은사도 광주에 있었다.

부여에서 옛날을 생각하며
扶餘懷古

피리 소리 노래 소리 다 흩어지고 강물만 부질없이 흐르네.
그 옛날 어느 곳에다 아름다운 다락을 세웠던가.
오직 고란사 옛 절만 남아 있어,
저녁노을 속에 돌아오는 중이 혼자 배에 오르네.

笙歌散盡水空流。　　何處當年結綺樓。
唯有皐蘭古寺在、　　歸僧獨上夕陽舟。

■
* 고란사(高蘭寺)는 이름을 고란사(皐蘭寺)이라고도 한다. 부소산 북쪽에
　있으며 강물을 굽어보고 있다. 낙화암(落花巖)이 그 서쪽에 있고, 조룡대
　(釣龍臺)가 그 동쪽에 있다. ―《동국여지지(東國輿地志)》권3〈부여현〉

오언율시(五言律詩)

孤竹
崔慶昌

옥봉의 죽음을 슬퍼하며
挽玉峯

글씨는 종(鍾)·왕(王)의 묘체를 얻었고[1]
시는 위(魏)·진(晉)보다 낮은 걸 부끄러워했지.
집안이 가난해 벼슬살이 떠도느라고[2]
몸이 늙어가며 아내와 자식을 그리워했지.
객지에서 관으로[3] 남쪽 고향에 돌아오는 날
장군의 깃발 들고 북으로 떠납니다.[4]
인간 세상에서 이제 길이 헤어지지만
저승에서 만나기를 기약합시다.

■
* 옥봉은 가장 친했던 시인 백광훈(白光勳, 1536-1582)의 호로, 1550년
 무렵 이후백(李後白) 문하에서 함께 배웠으며, 양응정(梁應鼎) 문하에서
 도 배웠다. 최경창, 이이(李珥), 최립(崔岦), 이산해(李山海) 등과 함께 무
 이동(武夷洞)에서 수창하며 우의를 맺으니 사람들이 '팔문장(八文章)'이
 라고 하였다.
1) 공이 이미 시인으로 이름을 떨친데다가 필법도 굳세고 힘이 있어 (위나라
 의) 종요(鍾繇)와 (진나라의) 왕희지(王羲之)에 핍진하였으므로 세상 사
 람들이 이절(二絶)이라고 하였다. - 유근〈옥봉시집 서(玉峯詩集序)〉
2) 선능(宣陵), 전주 영전(影殿), 정능(靖陵), 예빈시의 참봉(종9품)으로 떠돌
 다가, 소격서 참봉으로 임명된 지 한 달 만에 세상을 떠났다.
3) 원문의 여츤(旅櫬)은 객지에서 죽어 집으로 옮겨지는 관(棺)을 말한다. 백
 광훈이 5월 14일에 병으로 서울에서 세상을 떠나 고향으로 돌아오자, 전
 라관찰사 정철(鄭澈)이 특별히 역군을 보내 상을 돕게 하여 9월에 영암
 해림산에 장사 지냈다.
4) 백광훈이 세상을 떠나던 해에 최경창은 종성부사(종3품)에 특별히 제수
 되어 함경도로 떠났다.

筆得鍾王妙、　　詩羞魏晉卑。
家貧事遊宦、　　身老憶妻兒。
旅櫬南歸日。　　戎旌北去時。
人間便永訣。　　泉下是交期。

진진사와 헤어지며

別秦上舍

멀리 떠나온 나그네 한식에 깜짝 놀라
꽃이 떨어진 뒤엔 돌아갈 기약하네.
흰 구름은 바라보는 곳마다 있고
방초는 관문을 나서도 많아라.
병든 몸으로 강가에서 헤어져
돌아보니 꿈속에서 본 듯해라.
내일 아침이면 봄 또한 갈 텐데
그대와 짝이 되어 하늘 끝까지 가고 싶구나.

遠客驚寒食、	歸期後落花。
白雲隨望在、	芳草出關多。
病負江頭別、	看如夢裡何。
明朝春亦去、	相伴過天涯。

■
* (진상사의 이름은) 호선(好善)이다. (원주)
　성균관의 유생(儒生)들이 거처하는 곳을 재(齋)라 하였는데, 생원(生員)·
　진사(進士)들이 쓰는 상재(上齋)와 유학(幼學)들이 쓰는 하재(下齋)가 있
　다. 상재를 상사(上舍)라고도 하였으므로, 생원이나 진사를 상사라고도
　하였다.

북으로 돌아가는 이익지 편에
박민헌 관찰사에게 부치다
因李益之北歸寄朴觀察民獻

4.

강가에서 술 한 잔 조촐하게 마시고
뒷날 만나자 기약하고 헤어졌었지요.
마침 북으로 가는 나그네 있어
지난해 지은 시를 이제야 부칩니다.
변방에는 일찍이 서리 내리고
관문 안의 방초도 시들었겠지요.
서로 그리워한지 여러 달 되었건만
가을 기러기 오는 게 너무 더딥니다.

草草河邊酒、　　悠悠別後期。
聊因北歸客、　　始寄去年詩。
塞外早霜落、　　關中芳草衰。
相思月頻滿、　　秋鴈到來遲。

■
* 익지는 손곡 이달의 자이다. 박민헌(1516-1586)의 자는 희정(希正), 호
는 슬한재(瑟僩齋)·저헌(樗軒)으로 화담 서경덕의 문인이다. 1546년 문
과에 급제하고 사간원 정언·홍문관 부수찬을 거쳐 강원도, 전라도, 평안
도 등의 관찰사에 임명되었다. 변방의 수령이 되었을 때 왜란이 일어날
것을 미리 알고 낡은 병기를 보수하고 군대를 조련(調鍊)하는 등 무비에
힘썼다.

여양역에서

閭陽驛

말 위에서 계절이 바뀌려는데
서쪽으로 돌아갈 길은 멀기만 해라.
인적은 강을 건너며 드물어지고
관문에 가까워질수록 눈보라 드세지네.
고향에 소식 전하기 점점 어려워지고
타향이라 귀밑머리만 쉬이 희어지기에,
하늘 끝까지 온 나그네 마음 스산하기만 해
혼자 선 채로 둥지 찾아드는 까마귀를 헤아려 보네.

馬上時將換、　　西歸道路賒。
人煙隔河少、　　風雪近關多。
故國書難達、　　他鄕髮易華、
天涯意寥落。　　獨立數捿鴉。

* 여양역은 압록강을 건너 북경으로 가는 길목에 있다. 역참이 의무려산(醫
  巫閭山)의 남쪽에 있어서 '여양역'이라 불렀다. 지금의 요령성(遼寧省) 북
  진시(北鎭市)에 속해 있는 여양진(閭陽鎭)이 바로 이곳이다.

칠가령에서 입춘을 맞으며
七家嶺立春

나그네 길에서 봄나물을 맛보니
떠도는 시름이 철 따라 새로워라.
한 해 넘도록 나그네 길에 있으니
내 집엔 언제나 돌아가려나.
산기슭 성곽엔 버들에 안개 어리고
시냇가 다리 밑엔 모래에 눈이 섞였는데,
떠돌이 신세로 명절을 맞으니
얼굴과 머리털이 더욱 거칠어지네.

旅食逢春菜、　　羈愁且物華。
經年猶在路、　　幾日定還家。
山郭煙和柳、　　河橋雪半沙。
佳辰任蓬梗、　　顔髮轉蹉跎。

* 산해관에서 북경으로 가는 길목에 있는 역참이다.《통문관지》권3의 〈중원 진공로(中原進貢路)〉에 산해관→심하역(60리)→무령현(40리)→영평부(70리)→칠가령(60리)→풍윤현(100리)→옥전현(80리)→계주(70리)→삼하현(70리)→통주(70리)→북경(40리)이라고 소개하였다.

조천궁
朝天宮

푸른 집이 진계에 우뚝 솟고
태청[1]이 현단까지 내려왔네.
난새는 주포 나무에 깃들고
노을은 자미성을 감도는구나.
삼원[2]의 보록은 비장되어 있고
금단은 구전[3]하여 이루어졌네.

■

* 어떤 도사(道士)가 있었는데 성은 진씨(秦氏)이고 이름은 지금 기억에 없다. 그 또한 시를 잘 지었다. 그가 (최경창이 지은 칠언절구 〈조천궁〉) 시를 크게 칭찬하여 통주(通州) 하청관(河淸觀)까지 쫓아와 그 책에 써 주기를 청하자, 다음과 같은 시를 지어 주었다. 이 시가 중국에 전파되어 왕봉주(王鳳洲, 왕세정의 호) 선생이 대단히 칭찬하였다. —허균《학산초담(鶴山樵談)》

1) 도교(道敎)에서 말하는 천상세계의 세 선경 가운데 하나이다. 세 선경은 옥청경(玉淸境), 상청경(上淸境), 태청경(太淸境)이다.

2) 상원(上元, 정월 대보름), 중원(中元, 7월 15일), 하원(下元, 10월 15일)을 말한다. 도교(道敎)에서는 이 삼원을 각각 천관대제(天官大帝), 지관대제(地官大帝), 수관대제(水官大帝)의 생일로 삼고, 이 명절을 기념하는 의식을 성대히 거행한다.

3) 구전은 단사(丹砂)를 아홉 번 제련한다는 뜻으로, 구전금단은 도가(道家)의 선단(仙丹)이다. 진(晉)나라 갈홍(葛洪)의 《포박자(抱朴子)》〈금단(金丹)〉에 "먹으면 신선(神仙)이 되는 금단에는 삼년 먹으면 신선이 되는 일전지단(一轉之丹)에서부터 사흘만 먹으면 곧 신선이 되는 구전지단(九轉之丹)에 이르는 아홉 종류의 금단이 있다."하였다. 이를 구전환(九轉丸) 또는 태청신단(太淸神丹)이라고도 한다.

지거를 탄 사람 보이지 않고
공중 저 밖에 피리 소리만 들리네.

碧宇標眞界、　　玄壇降太淸。
鸞棲珠圃樹、　　霞繞紫微城。
寶籙三元秘、　　神丹九轉成。
芝車人不見、　　空外有簫聲。

중양절을 지내고 나서

重陽後有感

아름다운 계절은 쉬이 지나가니
젊은 시절이 그 얼마나 되랴.
노란 국화를 보면 또 지고 있고
흰 머리는 뽑아도 다시 많아지네.
외진 시골집을 누가 찾아오랴
사립문에 해는 저절로 기우네.
어린것들이 차츰 말을 배우니
그것만이 내 어긋난 삶을 위로해 주네.

佳節易徂換、　　少年能幾何。
黃花看又歇、　　白髮鑷還多。
窮巷誰相問、　　柴門日自斜。
痴兒漸學語、　　聊此慰蹉跎。

임금이 제목을 내려 지은 시 다듬이질
御題

어느 집에서 다듬이질을 하는지
한 번 내려칠 때마다 마음을 상하게 하네.
온 땅에는 가을 바람이 일어나고
외로운 성엔 조각달만 밝은데,
싸늘한 서리 기운에 잎들이 흔들리자
적막한 한기가 다시금 스며드네.
나그네는 관산 멀리서
하늘 저쪽 소리를 듣네.

誰家擣紈杵、　　一下一傷情。
滿地秋風起、　　孤城片月明。
淒淸動霜葉、　　寂寞入寒更。
征客關山遠、　　能聽空外聲。

괴산으로 부임하는 조원을 보내며
送趙雲江伯玉之任槐山

올바른 길은 세상에서 용납되기 어렵다네.
하찮은 벼슬이야 가난 때문에 하는 거지.
온 집안이 외진 산골로 떠난다기에[1]
봄날 강가에서 외로운 배와 헤어지네.
섬돌 아래에는 단약을 달이던 아궁이
창가에는 홀(笏)로 턱을 괸[2] 사람.

■

* 운강은 조원(趙瑗, 1544-1595)의 호이고, 백옥은 그의 자이다. 1564년
  생원진사시에 이이(李珥)가 생원 제1등, 조원이 진사 제1등으로 합격할
  정도로 학문과 문장이 뛰어났다. 위의 시는 조원이 괴산 군수로 좌천되어
  떠나는 것을 위로하는 시이다. 이때 조원의 첩인 이옥봉이 조원에게 지어
  준 시도《옥봉집》에 전한다.

  낙양의 재자 가의(賈誼)는
  벼슬 싫다고 거짓 미쳤으니 참으로 우스워라.
  한번 임금 곁을 떠났다지만
  장사왕 태부 될 줄이야 누가 알았으랴.

1) 《선조실록》에는 조원이 괴산군수로 부임한 기록이 보이지 않는데, 학봉
   김성일이 기록한《기묘일기》2월 27일 기사에 '2월 5일에 조원을 괴산군
   수로 삼았다'는 기록이 보인다. 기묘년은 1579년이다.
2) 왕휘지는 자잘한 세속 일에 전혀 얽매임이 없었다. 그가 환충(桓沖)의 기
   병 참군(騎兵參軍)으로 있을 적에, 한번은 환충이 그에게 말하기를 "그
   대가 부(府)에 있은 지 오래 되었으니, 요즘에는 의당 사무를 잘 알아
   서 처리하겠지.[卿在府日久 比當相料理]"라고 하였다. 그러나 그는 아

왕교도 오리를 타고 다녔으니[3]
얼마 안 가 기린각[4]을 배알하겠지.

直道難容世、　　微官且爲貧。
全家向山郡、　　孤棹別江春。
階下燒丹竈、　　窓間柱笏人。
王喬有鳧鳥、　　早晚謁麒麟。

■

무런 대꾸도 하지 않은 채 고개를 쳐들고 홀(笏)로 뺨을 괴고는 엉뚱하게
"서산이 이른 아침에 상쾌한 기운을 불러오네.[西山朝來, 致有爽氣耳.]"라
고 한 고사가《진서(晉書)》권80〈왕휘지열전(王徽之列傳)〉에 실려 있다.
그 뒤부터 주홀(柱笏)은 세속 일에 얽매이지 않고 초연히 유유자적하는
풍도를 가리키는 말로 쓰였다.

3) 한나라 현종 때에 왕교가 섭(葉) 현령이 되었는데, 왕교는 신기한 기술이
있어 매달 삭망 때마다 조회에 나아갔다. 그가 자주 오는데도 수레가 보
이지 않자, 황제가 몰래 태사를 시켜 그가 오는 것을 엿보게 하였다. 그랬
더니 그가 동남쪽으로부터 한 쌍의 오리를 타고 오는 것이 보였다. 그러
나 그가 온 뒤에 보니, 한 쌍의 신발만이 있었다고 한다. 그 뒤로는 이 말
이 지방관이 되었다는 뜻으로 쓰였다.

4) 기린각은 한나라 선제(宣帝)가 곽광(霍光), 장안세(張安世), 소무(蘇武) 등
공신 11인의 초상을 그려서 걸게 했던 전각 이름이다.

금성 객관에다
金城板上韻

서글픈 태평소 소리가 옛 고을에서 나고
긴 강물은 어둠 속을 흐르네.
고향 꿈을 꾸다가 깜짝 놀라
머리 돌려 중선루[1]를 바라보네.
변방의 빗줄기 개일 것 같지 않아

■

* 강원도에 금성현이 있다.
** 금성 객관에다 옛 사람이 추(秋) 자를 운으로 하여 시를 지어 걸었는데,
　최고죽이 그 시에 차운하였다(위의 시). 작은형님(허봉)이 그 뒤를 이어
　서 시를 지었다.

　　나그네 만릿길을 가다가
　　말을 멈춰 세우곤 찬 시냇물을 마시게 하네.
　　방초는 길 따라 널렸고
　　저녁 짓는 연기는 역루에서 오르는데,
　　나그네 시름이 꿈처럼 뒤섞였으니
　　봄날의 일이라도 가을 같아라.
　　멀리 구름 저 너머를 돌아다보니
　　그 옛날이 그리워 견딜 수 없구나.

　　고죽이 이를 보고서, "봄날의 시를 추(秋)자로 압운하기가 가장 어려운
　　법인데, 이 구절은 앞사람들의 시보다 훨씬 뛰어나다"고 칭찬하였다.
　　－허균《학산초담》

1) 중선(仲宣)은 삼국시대 위(魏)나라 시인 왕찬(王粲)의 자(字)인데, 박식하
　고 문장이 뛰어나 건안 칠자(建安七子) 가운데 한 사람으로 꼽혔다.

가을 만난 나그네 다시 시름겹구나.
고운님은 아득히 천 리 밖에 있어
같이 노닐고파도 가로막혔네.

殘角出古縣、　　　長河急暝流。
驚心楚鄕夢.　　　回首仲宣樓。
塞雨難逢霽、　　　羈愁更値秋。
佳人杳千里、　　　卽此阻同遊。

■
헌제(獻帝) 때 난리를 피해 형주(荊州)의 유표(劉表)에게 15년 동안 몸을
맡기고 있었는데, 이때 시사(時事)를 한탄하고 고향을 그리면서 강릉의
성루(城樓)에 올라가 〈등루부(登樓賦)〉를 읊어 시름을 달래었다. 그 뒤부
터는 시국을 탄식하는 시인들이 올라가는 누각을 스스로 중선루라고 부
르기도 하였다. 《삼국지(三國志)》 권21 〈위서(魏書) 왕찬전(王粲傳)〉

황폐한 절
廢寺

불상은 있지만 향불은 끊어졌고
스님 없어도 아침저녁은 저절로 찾아드네.
옛 숙소에는 해진 장삼만 걸려 있고
말라붙은 우물엔 깨진 바가지만 버려져 있네.
오솔길에는 올 가을 낙엽이 쌓였고
부엌엔 지난해 해둔 땔나무만 남아,
이것들만이 나그넬 맞이하지만
내 돌아간 뒤엔 더욱 쓸쓸하겠지.

有佛絶香火、　　無僧自暮朝。
古寮垂破衲、　　枯井棄殘瓢。
逕積今秋葉、　　廚餘去歲樵。
只應遊客到、　　歸後更寥寥。

봉은사 스님의 시축에다

奉恩寺僧軸

이 길 따라 꽃 찾아 가면서
도롱이를 벗고 보니 지난해와 비슷해라.
스님을 만나 절 소식을 묻고
말을 세워 나룻배를 부르네.
성 뒤쪽으로 멀리 숲이 보이고
들판에는 날 저물면서 비가 내리는데,
여전히 시름겨운데 뒤채의 경쇠 소리가
엷은 안개 너머로 은은히 들려오네.

此路尋花伴、　　披簑似去年。
逢僧問山寺、　　立馬喚津船。
遠樹春城背、　　平蕪暮雨連。
猶愁後臺磬、　　隱隱隔微煙。

말미를 얻어 서울에 올라오다
受由上京

막하(幕下)에 일이 많지 않아
고향에 잠시 돌아가라고 허락받았네.
지휘하러 수고롭게 멀리 나왔다가
전별주를 마시며 남은 노을을 아쉬워하네.
헤어지면서 다시 손을 잡고
은혜를 생각하니 눈물이 옷을 적시려 하네.
작은 정성으로 조금이나마 갚으려니
감히 사립문에 누워 있을 수 없구나.

＊ 사유가 생긴 자는 계(啓)를 올려서 휴가를 받는다.[凡有故者啓達給假] …
근친(覲親)은 3년에 1차, 소분(掃墳)은 5년에 1차, 영친(榮親)·영분(榮
墳)·분황(焚黃)·혼가(婚嫁)는 모두 7일을 머문다. 처와 처부모 장례는
모두 15일을 머문다. -《경국대전(經國大典)》〈이전(吏典) 급가(給假)〉
관찰사·병사·수사는 자식의 혼사를 치르는 일로 휴가를 주지 않는다.[子
息成婚毋得受由] -《전록통고(典錄通考)》〈병전(兵典) 잡령(雜令)〉
수유(受由)는 관원이 사사(私事)로 인하여 청가원(請暇願)을 올려 허가받
는 것이다. 소분은 경사(慶事)가 있을 때 조상의 묘소에 가서 살펴보고 배
알하거나 제사하는 것으로 성묘(省墓)라고도 한다. 목욕(沐浴)은 관리들
이 받은 말미를 말하는 것으로 수유(受由)라고도 한다. 영친(榮親)은 과
거에 급제하거나 관에 임명된 사람이 고향에 돌아가 부모를 영화롭게 하
는 것이다. 영분은 부모가 돌아가신 뒤에 급제했거나 처음 벼슬한 사람이
조상의 분묘에 찾아가서 성묘하고 입신(立身)의 영예(榮譽)를 고하는 예
(禮)이다.

幕下無多事、　　鄉園許蹔歸。
指麾勞遠出、　　飲餞惜餘暉。
臨別重携手、　　懷恩欲濕衣。
微誠期少報、　　不敢臥柴扉。

무이동
武夷洞

평대에 홀로 서니 날이 저물어
촌 막걸리 마셔도 얼굴 더디 취하네.
가시덤불 속에 숨은 잡초 아끼며
돌여울에서 맑은 물살 내려다보네.
빈 절간에는 황폐한 탑만 남아 있고
행궁도 옛 터 뿐일세.
봄바람 맞으며 바라보는 뜻을
얼마라도 새로 짓는 시에 부치네.

獨立平臺晚、　　村醅入面遲。
榛叢惜幽草、　　石瀨俯淸漪。
廢寺餘荒塔、　　行宮只舊基。
春風臨眺意、　　多少附新詩。

■
* 젊을 적에 지었다[少時作]. (원주)

쌀을 보내준 벗에게 고마워하며
謝友人送米

어릴 적에는 비단옷 입고 자랐건만
늘그막에 어려움을 만났다오.
본성을 지키다보니 생리[1]에 어그러져
저자 가까운 곳에 옮겨와 산다오.
돈을 얻으면 묵은 빚부터 갚고
쌀을 꾸면 비로소 아침밥을 했지요.
친한 벗들이 때로 와서 물어보지만
앞길이 막혀 얼굴 들기가 부끄럽다오.

童年長紈綺。　　晚節值艱難。
守拙乖生理。　　移居近市闤。
得錢還宿債。　　乞米始朝餐。
親友時來問。　　途窮愧抗顔。

---

1) 두보(杜甫)의 〈춘일강촌시(春日江村詩)〉에 "생리(生理)에 어두워 어렵게
되었기에 떠돌다보니 지금에 이르렀네.〔艱難昧生理 飄泊到如今〕"라고 하
였다. 생리는 생계 수단을 가리킨다.

칠언율시(七言律詩)

孤竹

崔慶昌

쌍계사 스님의 시축에다 포은의 시에 차운하여 짓다
雙溪僧軸次圃隱韻

시 지어 멀리 석교의 스님께 보내네.
남쪽 시내를 한번 건넌 뒤론 병 때문에 못 지었네.
절간은 티끌세상 따라 변하지 않았지만
푸른 구름이 부질없이 나그네 시름을 더해 주네
향대(香臺) 고목 너머로 종소리 희미하고
물가 난간 성긴 발엔 저녁 햇살 맑겠지.
여섯 해 벼슬살이로 떠도느라 흰머리만 생겼으니
언제야 우리 손잡고 잠시라도 함께 오를 수 있을까.

題詩遠寄石橋僧。　　一渡南溪病未能。
寶刹不隨塵世改、　　碧雲空使客愁增。
香臺古樹殘鍾隔、　　水檻疎簾晚景澄。
六載宦遊生白髮、　　幾時携手暫同登。

서울을 떠나 고봉관에서 자며 벽 위의 시에 차운하다

發京城宿高峰館次壁上韻

한 마리 말 타고 오늘 아침 서울을 떠나
서쪽으로 가노라니 비바람만 앞길에 가득해라.
하늘 끝에서 호구지책에 몸은 늙어가고
나그네 가을 만나도 폐는 되살아나지 않네.
공명 만리는 젊은 날 꿈과 어긋났고
십년 글 솜씨1)도 참된 선비에게 부끄러워라.
쓸쓸한 객관에는 얘기할 사람도 없기에
시름겹게 푸른 등불 마주하고 긴 밤 외롭기만 해라.

一騎今朝發上都。　　西歸風雨滿前途。
天涯糊口身將老、　　客裡逢秋肺不蘇。
萬里功名違壯志、　　十年鉛槧愧眞儒。
寂寥空館無人間、　　愁對靑燈永夜孤。

------

1) 《서경잡기(西京雜記)》 권3에 "양자운이 항상 연필을 품고 목판을 들고 다
녔다.[揚子雲 好事常懷鉛提槧.]"라고 하였다. 자운(子雲)은 한나라 문장가
양웅(揚雄)의 자이다. 연참(鉛槧)은 문필에 종사하는 사람들이 가지고 다
니는 도구로, 연분(鉛粉, 연필)과 서판(書板)을 말한다.

장사로 가는 이익지를 보내며
送李益之往長沙

지난해에는 봄바람에 무령[1]에 머물더니
올해 봄이 오자 또 남쪽으로 떠나시네.
연년이 타향 멀리 나그네 오고
해마다 꽃을 보며 흰머리만 생기시네.
말에게 먹이 주느라 지친 몸으로 주막을 찾고
사람 만나면 옛이름 말하기 부끄럽겠지.
뛰어난 인재는 예부터 가난하게 많이 살았으니
헤어지는 걱정으로 성정을 해치지 마시게.

■

* 익지(益之)는 최경창과 더불어 삼당시인(三唐詩人) 가운데 한 사람인 손
  곡(蓀谷) 이달(李達)의 자이다.
  신라시대의 장사현이 무령군에 속했는데, 무령군이 고려 때부터 영광군
  으로 바뀌었으며 장사현은 속현이었다. 조선시대에 장사현은 없어졌지만
  시에서 옛 지명을 사용한 것이다.
1) (영광군은) 본래 백제의 무시이군(武尸伊郡)이었는데, 신라 때 무령군(武
   靈郡)이라 고쳤고, 고려 때에 지금 이름으로 고쳤으며, 본조에서는 그대
   로 따랐다. —《신증동국여지승람》권36 영광군
   무송현(茂松縣)은 본래 백제의 송미지현(松彌知縣)이었는데, 신라가 무송
   (茂松)이라고 고쳐서 무령군(武靈郡)의 영현으로 하였고, 고려에서는 그
   대로 따랐다. 장사현(長沙縣)은 본래 백제의 상로현(上老縣)이었는데, 신
   라가 장사라고 고쳐서 무령군의 영현으로 하였고, 고려에서는 그대로 따
   랐다가 뒤에 감무를 두어 무송을 겸임케 하였는데, 본조 태종 17년에 두
   현을 합쳐서 지금 이름으로 고치고 진(鎭)을 두어 병마사가 현의 일을 겸
   임케 하였는데, 세종 5년에 병마사를 고쳐서 첨절제사로 하고 뒤에 현감
   으로 고쳤다. —《신증동국여지승람》권36 무장현

去歲春風住武靈。　今年春至又南征。
年年爲客他鄉遠。　歲歲看花白髮生。
秝馬倦尋荒店路。　逢人羞說舊時名。
高才自古多貧賤。　莫把離憂損性情。

길주 다락에서
吉州樓題

이른 가을 느릅나무 잎이 차가운 성에 떨어지고
자새(紫塞)[1]에 새로 내린 서릿발에 기러기가 놀라네.
천 리 밖 고향을 부질없이 꿈만 꿀 뿐,
십년 동안 서검(書劍)으로 끝내 무엇을 이루었던가.
날라리 소리 채 끝나기도 전에 눈물 흘리다
거친 들판에 달 떠오르자 다시 기둥에 기대어 서네.
끝없는 서풍은 왕찬(王粲)[2]의 한인지
하늘 끝으로 또 다시 벗을 떠나보내네.

早秋楡葉下寒城。　　紫塞新霜旅雁驚。
千里鄕關空有夢、　　十年書劍竟何成。
胡笳未斷已垂淚、　　磧月欲生還倚楹。
無限西風仲宣恨、　　天涯又送故人行。

■

1) 진(秦)나라가 쌓은 국경의 장성(長城) 흙빛이 붉으므로 자새(紫塞)라 한
   다. 북방 국경인 안문(雁門)에는 풀빛이 붉으므로 자새(紫塞)라고도 하는
   데, 여기서는 우리 나라 변방을 말한다.
2) 중선(仲宣)은 중국 삼국시대 위나라 고평 사람이었던 왕찬의 자이다. 왕
   찬은 박학다식한 데다, 문장도 뛰어났다. 한나라 말기에 형주로 피난가서
   유표(劉表)에게 몸을 의탁하고 지냈는데, 자기의 뜻을 펼 수 없으므로 다
   락에 올라 〈등루부(登樓賦)〉를 지었다. 원나라 때에는 〈왕찬등루(王粲登
   樓)〉라는 극까지 생겨났다.

경렴당 시에 차운하다

次景濂堂韻

남쪽 연못 북쪽 연못에 연꽃 깊이 피었는데
연싹1)의 쓴 맛이 사람 마음 같아라.
아직 연꽃 지기도 전에 가을바람이 일고
비와 이슬 몇 번이던가, 서리와 우박이 치네.
그리워도 보지 못해 사람 늙게 하더니
거울 속 머리털은 벌써 세어 버렸구나.
차라리 연못의 연잎이나 따다가
고운 님 입으실 옷이나 지을 것을.2)

■

* 경렴당은 금구현의 객관이다. (원주)

1) 황정견(黃庭堅)의 시〈공상식련유감(贛上食蓮有感)〉에 "열매 속엔 요하가 있으니 소아의 주먹처럼 말려 있구나 … 연심은 참으로 쓰니 쓴 것을 먹고 어찌 달 수 있으랴[實中有么荷 拳如小兒手 … 蓮心政自苦 食苦何能甘]" 하였다. 진초(陳樵)의 〈죽지사(竹枝詞)〉에는 "첩의 마음은 마치 연심처럼 쓰기에 요하만 먹고 연은 먹지 않는다오[妾心恰是荷心苦 只食么荷不食蓮]" 하였다. 연심(蓮心)은 연실(蓮實) 속에 박힌 연 싹[蓮芽]을 말한다.

2) 《초사(楚辭)》권1 〈이소(離騷)〉에 "연잎을 마름질해 저고리를 만들고, 연꽃을 모아 치마를 만들리라.[製芰荷以爲衣兮 集芙蓉以爲裳]"라고 하였다. 연잎으로 만든 옷을 '하의(荷衣)'라고도 하는데, 고사(高士)나 은자(隱者)가 입는 옷을 비유한다.

南池北池荷花深。　　荷心有苦似人心。
荷花未落秋風起、　　雨露幾何霜霰侵。
相思不見令人老、　　鏡中華髮已蕭森。
不如臨池摘荷葉、　　裁作美人身上襟。

오언고시(五言古詩)

孤竹
崔慶昌

밤알 줍기

拾栗

초여름 서울에 들어왔다가
한가을에야 초가집으로 돌아왔더니,
뜨락의 밤나무 벌써 다 따버리고
이파리 사이에 껍질만 붙어 있네.
새벽에 일어나면 대나무 울타리를 돌며
풀을 헤치고 이따금 밤알도 줍는다네.
꼭 많이 얻을 필요가 있으랴,
애오라지 아이들 주는 즐거움인걸.

首夏入京城、　　仲秋歸茅屋。
園栗摘已盡、　　葉裡棲殘殼。
晨起繞籬竹、　　披草有時得。
取適豈在多、　　聊與兒輩樂。

새벽 서리

晨霜

텅 빈 들판에 저녁 날씨가 바뀌어
싸늘한 바람에 나뭇잎들 흔들리네.
새벽 서리가 숲속 오두막을 뒤덮더니
가을 햇살에도 아직 녹지 않았네.
이른 추위가 겁나 털옷 껴입고
외진 집에 아침 내내 문 닫아걸고 앉았으려니,
계절이 바뀌며 모든 게 쇠미해져
뜨락의 꽃들이 처량하게 시드네.
울며 돌아가는 기러기 높이 날아올라
텅 빈 하늘이 더욱 높아라.
산과 물은 담담하여 빛을 잃었고
들판도 참으로 고즈넉하니,
궁박한 나의 삶, 기울어 가는 운이 느껴지고
불그레하던 얼굴까지 나날이 시들어 가네.
뜻하던 것이 끝내 이루어지지 않아
나 혼자 여기서 한가로운 노래나 지으리라.

空曠變夕氣、　　蕭摵振凉飂。
晨霜覆林屋、　　秋陽照未消。
擁褐怯早寒、　　幽戶掩終朝。
歲華忽焉微、　　群芳凄以彫。
嗷嗷歸雁翔、　　沉沉天宇高。
山水淡無輝、　　原野正寂寥。
窮居感頹運、　　朱顏日復銷。
所思終不成、　　獨此成閑謠。

우박

雨雹

구월 십칠일 밤
구름이 검어지고 바람도 세차게 불더니,
번갯빛이 방 안을 밝히고
노한 천둥소리가 두터운 땅바닥을 찢어놓았네.
날리는 빗속에 섞여 우박 소리 들리더니
무너졌다 솟구치며 숲속을 씻어내리네.
아직 벼를 베지도 않았기에
나락들이 들판에 널려 있었으니,
반쯤은 털려 진흙탕에 떨어졌을 테고
남은 알곡이 또 얼마나 남았으려나.
벌써 몇 해 전부터
하늘은 춥고 더운 차례를 잃었고,
돌림병으로 사람들이 죽음을 당하더니
그 화독이 소 돼지에까지 미쳤네.
쓸쓸하기가 난리라도 겪은 것 같아
산골짜기엔 빈 마을들이 많아졌네.
늙은이와 병든 이까지 쟁기 잡고 일을 했으니
그 괴로움이야 참으로 말하기 어려워라.

봄날 싹이 무성할 때엔 잠시 즐겁지만
여름 장마가 홍수져 넘실대다가
싸늘한 바람 불어 가지와 잎을 말려 버리고
며루벌레가 마디와 뿌리를 다 갉아먹었네.
그 야윈 모습을 어찌 알아보랴.
여기에다 하늘의 재앙까지 가득하였네.
무엇을 가지고 세금을 바치랴
끼니나 때우기를 겨우 바라네.
사방 이웃에 새벽 연기 끊어지고
들리는 것이라곤 통곡 소리만 시끄럽구나.

九月十七夜、　　雲黑風頗奔。
電光室中明、　　怒雷裂厚坤。
飛雨雜鳴雹、　　崩騰洒林園、
是時尙未穫、　　禾穀遍郊原。
擺落半泥土、　　殘實復幾存。
粵自數歲來、　　天氣失寒溫。
癘疫人丁死、　　毒禍及牛豚。

蕭條如經亂、　山谷多空村。
老弱服未耜、　辛苦良難言。
纔喜春苗盛、　夏潦又渾渾。
凉吹乾枝葉、　螟食盡節根。
豈知凋悴餘、　迄此災逾繁。
何以供賦稅、　敢望具饔飧。
四隣絕晨烟、　但聞哭聲喧。

도연명의 확도(穫稻) 시에 차운하여 그 뜻을 넓혀 쓰다
次陶穫稻韻廣其意

모든 일이 서로 얽히고 설켜
걱정과 즐거움이 가지가지 많아라.
부자가 되고도 모자란다고 툴툴거린다니
가난하게 살면서 어찌 마음 편하랴만,
뜻 높은 사람은 속된 영화 버리고서
초연히 세상일을 그윽이 살핀다네.
어찌 허리 굽히기만 부끄러워하여[1]
전원으로 일찍 돌아가는 게 옳은 일이랴.
힘써 밭 갈아 거둬들여도
배고픔과 추위를 벗어나지 못한다네.
평온한 땅 위에도 풍파는 일어나고
평탄한 길에도 험난한 일 생기는 법.
세상과의 사귐을 끊어버리리라,
외물(外物)의 속박을 내 어찌 구하랴.

■

1) 도연명(陶淵明, 365-427)이 팽택 현령(彭澤縣令)으로 있은 지 80여 일
이 되었을 때 군(郡)의 독우(督郵)가 순시(巡視)를 나오게 되어, 현리(縣
吏)가 도연명에게 의관을 갖추고 독우를 뵈어야 한다고 하였다. 도연명이
"내가 다섯 말의 하찮은 녹봉 때문에 시골의 소인에게 허리를 굽힐 수는
없다.[我不能爲五斗米 折腰向鄕里小兒]"라고 탄식하고는, 인끈을 풀어 던
지고 〈귀거래사(歸去來辭)〉를 읊으며 고향인 율리(栗里)로 돌아간 이야기
가 《진서(晉書)》 권94 〈도잠열전(陶潛列傳)〉에 실려 있다.

농부들이 때때로 찾아오면
농삿일을 이야기하며 함께 웃으리라.
그들이 떠나고 산 속의 해가 저물면
적막한 사립문 빗장을 지르리라.
이 마음 알아주는 사람이 없더라도
어쩔 수 없지, 내 무엇을 탄식하랴.

萬事相紏紛、　　憂樂亦多端。
居富苦未足、　　處貧孰能安。
達人乃遺榮、　　超然獨冥觀。
豈但恥折腰、　　園林早宜還。
力耕亦有穫、　　而不免飢寒。
平陸起風波、　　坦道生險艱。
謝絶世上交、　　物累寧我干。
田父時時至、　　農談共開顔。
旣去山日夕、　　寂寞掩柴關。
知音苟不存、　　已矣何足嘆。

서리 내린 뒤에 새싹이
霜多草木盡落有新綠萋萋若春

늦가을¹⁾ 맑은 서리 하얗게 내려
여느 꽃들은 벌써 모두 시들었네.
뜨락과 채마밭 쓸쓸하게 비어
생기라곤 하나도 뵈지 않는데,
마침 처마 아래를 보니
여린 싹이 무성하게 다시 났구나.
본래 추운 겨울을 견뎌내는 성품 아니건만
어찌 홀로 푸르게 살아났던가.
그 자리 맡아 따뜻한 햇볕 입을 뿐만 아니라
뿌리를 뜨락에 내어맡긴 까닭이지.

■
* 원 제목이 길다. 〈서리가 많아 풀과 나무의 잎이 다 떨어졌지만 신록이 무
성하게 돋아나 봄과 같았다.〉
1) '초추(抄秋)'는 사전적으로 늦가을이지만 초가을의 뜻으로 혼용하기도 했
는데, 이덕무는 이렇게 변증하였다. "어떤 이가 초추(抄秋)와 초동(抄冬)
의 뜻을 묻기를, '7월·10월이 초가 되는가, 아니면 9월·12월이 초가 되
는가? 세상 사람이 혼용하는데 어떤가?' 하기에 내가 종백경(鍾伯敬)의
시에 '초동의 외로운 배 초동(初冬)에 떠나온 것이네.〔抄冬孤艇發初冬〕'라
는 구절을 인용하여, '초(抄)는 끝 달을 말하는 것이다.'라고 했다. 그리고
양 원제(梁元帝)의《찬요(纂要)》에, '9월을 말추(末秋)·초추(抄秋)라고 하
고, 12월을 모동(暮冬)·초동(抄冬)이라고 한다.'고 했다." −《청장관전서
(靑莊館全書)》권53 〈이목구심서(耳目口心書) 6〉
이 시에서는 서리가 내린 것에 맞추어 늦가을로 번역하였다.

오히려 향그러운 봄철과 같아졌으니
그 누가 조물주의 마음을 알랴.
여리고 고운 빛이 비록 사랑스럽다지만
성쇠의 도리가 어찌 바른 길을 잃게 하랴.
내 이제 호미로 캐어내 버리고
곧은 소나무 잣나무를 심는 게 나으리라.

抄秋淸霜繁、　　雜卉俱已零。
園圃索然空、　　了無一物榮。
時見茅簷下、　　柔荑藹復生。
本非歲寒姿、　　何能獨靑靑。
占地蒙陽景、　　托根依戶庭。
却同芳春節、　　孰知造化情。
嫩色雖可愛、　　盛衰奈失經。
不如鋤之去、　　種彼松栢貞。

느낀 바 있어 정철에게

感遇十首寄鄭季涵

1.
하늘하늘한 골짜기 속의 난초와
울울창창한 산 위의 소나무.
곧고 연한 것이야 다르지만
꽃다운 향내는 서로 같아라.
봄이면 그 향기에 느껴워 접동새도 울었지만
외로운 난초 떨기가 이젠 서리와 이슬에 시들어 가네.
꽃답던 그 뜻도 마침내 쓸쓸해져
바람 따라 떠도는 다북쑥처럼 영락했어라.
소나무 뒤틀린 가지에 북풍이 심하구나.
한 해가 저무는데 홀로 어찌하랴

盈盈谷中蘭、　　鬱鬱山上松。
貞脆固有異、　　馨香乃相同。
感玆鵑鳩鳴、　　霜露悴孤叢。
芳意竟蕭索、　　零落隨蒿蓬。
歲暮獨如何、　　虯枝多北風。

* 계함은 정철의 자이다. 최경창이 젊은 시절 삼청동에서 송강 정철, 만죽
  (萬竹) 서익(徐益) 등의 명사들과 어울려 이십팔수회(二十八宿會)라고 불
  렸다.

2.

북풍이 너무 참혹하여
소나무 잣나무가 모두 꺾이었네.
넓은 바다까지 또한 흔들어 놓으니
물고기들까지 제 집을 잃었어라.
천지가 이제 다 막히려 하니
성현의 탄식도 갑절로 늘었네.
황우[1]는 너무 멀어 따라가기 어려우니
나는 수양산의 백이·숙제나 따르리라.[2]

北風何慘烈、　　吹折松與栢。
溟海亦震蕩、　　魚龍失其宅。
天地將窮閉、　　賢聖倍歎息。
黃虞邈歎逮、　　吾從西山客。

---

1) 황우는 중국 고대시대 황제(黃帝)와 우순(虞舜)을 합하여 부르는 이름이다.
2) 자신의 호가 고죽(孤竹)이므로, 은나라 속국인 고죽국의 두 왕자 백이와
　숙제가 살았던 길을 따르겠다고 한 것이다.

3.

수양산엔 무엇이 있었던가
깊은 골짜기에 향그런 고사리가 많았지.
그 고사릴 캔 사람 누구였던가
고죽군의 두 아들 백이와 숙제였지.
주나라 곡식 먹는다는 게 참으로 부끄러운 일이었으니
고사릴 캔 것이 굶주림 때문은 아니었네.
무왕이 난폭한 주(紂)를 없애겠다니
천하 팔백 제후가 기약도 없이 모여들어,3)
천하 사람 모두가 무왕을 성인이라 일컬었지만
이 두 형제만은 홀로 그르다고 하였네.
그 높은 절개 천 년 두고 꿋꿋하여
두고 두고 인륜으로 버티어 가리.

■

3) 《사기(史記)》권4 〈주본기(周本紀)〉에, 주나라 무왕(武王)이 은나라 주왕
(紂王)을 치려고 할 즈음에 "제후로서 기약하지 않고도 맹진에 모인 자들
이 8백 명의 제후였다.[諸侯不期而會盟津者, 八百諸侯.]"라고 하였다.

西山何所有、　　深谷多芳薇。
采采者誰子、　　叔齊與伯夷。
食粟良可恥、　　採薇非爲飢。
姬氏除暴亂、　　八百會不期。
天下皆稱聖、　　斯人獨是非。
高節凜千祀、　　綱常以扶持。

4.

순박한 풍속은 벌써 멀리 사라졌고
세상의 도(道)는 날마다 어두워지네.
정벌은 은나라와 주나라를 항복시켰고
상서로운 기린도 끝내 해를 당했네.[4)]
봉황은 닭과 물오리로 변하고
난초와 혜초도 쑥이 되고 말아,
드디어는 공 · 맹의 무리로 하여금

---

4) 노나라 애공(哀公) 14년 봄에 본디 성왕(聖王)의 상서(祥瑞)인 기린이 난
세에 잘못 나와서 잡혀 죽은 것을 보고는 공자가 몹시 상심한 나머지 흐
르는 눈물을 옷소매로 닦으면서 이르기를, "나의 도가 궁하였도다.〔吾道
窮矣〕" 하고, 마침내 《춘추》를 지으면서 "14년 봄에 서쪽으로 순수하여
기린을 얻다.〔十有四年 春 西狩獲麟〕"라는 것으로 끝을 맺었다.

뜻을 잃고 엎어졌다 자빠지게 하네.
시운이 이미 이렇게 되었으니
이 백성이 장차 무엇을 의지하랴.

淳風去已遠、　　世道日幽昧。
征伐降殷周、　　祥麟竟遇害。
鳳凰化鷄鶩、　　蘭蕙爲蕭艾。
遂令孔孟徒、　　失意屢顚沛。
時運旣如此、　　生民將何賴。

7.
외로운 대나무가 가지와 잎도 없이
바닷가 산 위에 목숨을 붙였네.
해마다 서리와 눈 속에 묻힌 데다
벼랑마저 기울어 뿌리가 불안해라.
대나무를 어찌 재목으로 쓰랴마는
추위를 이기는 모습, 너무도 고귀해라.
봉황새는 이미 날마다 멀어지고
옛 열매도 날마다 줄어든다네.
선인이 하늘에서 내려와
이 대나무 보고 슬피 탄식하더니,

푸른 대나무 잘라서 지팡이를[5] 만들어
조운관으로 가지고 갔네.
운관이 만 리나 떨어져 있기에
가다가 되돌아올까 두렵기만 해라.

孤竹無枝葉、　　寄生海上山。
年年霜雪埋、　　崖傾根未安。
豈是材可用、　　所貴能傲寒。
鳳鳥日已遠、　　舊實日已殘。
仙人從空下、　　見之爲悲嘆。
斲作綠玉杖、　　携去朝雲關。
雲關萬里阻、　　恐此中路還。

■
5) 이백의 시 〈여산요 시어 노허주에게 부치다[廬山謠寄盧侍御虛舟]〉에 "나
　는 본시 초나라 광인이니, 봉가를 부르며 공자를 비웃었지. 손에 녹옥 지
　팡이를 쥐고, 아침에 황학루를 작별했네.[我本楚狂人 鳳歌笑孔丘 手持綠玉
　杖 朝別黃鶴樓]"라고 하였다. 녹옥은 푸른 대나무이다.

10.

은하수를 건너지 말고
청운(靑雲) 길에도 오르지 마오.
풍파 없어도 배가 엎어지고
평지에서도 수레가 깨어진다오.
증삼도 끝내는 사람을 죽였고[6]
율무가 마침내 구슬로 바뀌었네.[7]
헐뜯는 사람의 교묘함만 알 뿐이지.
듣는 사람의 어리석음을 그 누가 알랴.
부평초 인생이 허깨비 같아
옳다거니 그르다거니, 다 부질없어라.
내 마땅히 동릉후[8]를 따라
오이를 심고 스스로 김이나 매리라.

■

6) 증자가 예전에 비(費)라는 곳에 살았는데, 그곳 사람 가운데 증자와 이름
이 같은 사람이 있었다. 그 사람이 어떤 사람을 죽였는데, 누가 증자의 어
머니에게 와서 "증삼이 사람을 죽였다"고 말하였다. 그러나 증자의 어머
니는 "내 아들은 사람을 죽이지 않는다"고 말하면서 태연하게 베를 짰
다. 잠시 뒤에 다른 사람이 또 와서 "증삼이 사람을 죽였다"고 말하였지
만, 증자의 어머니는 여전히 태연하게 베를 짰다. 잠시 뒤에 다른 사람이
또 와서 "증삼이 사람을 죽였다"고 말하자, 그의 어머니가 두려워하며 북
을 내던지고 담을 넘어 달아났다. 증삼이 어질어서 그의 어머니가 아들을

莫涉銀漢水、　　莫登靑雲途。
無波能覆舟、　　平地亦摧車。
曾參終殺人、　　薏苡爲明珠。
只知讒者巧、　　孰云聽者愚。
浮生似幻化、　　是非兩空無。
當隨東陵侯、　　種瓜手自鋤。

■

믿었지만, 세 사람이나 의심하자 어진 어머니도 끝내는 자기 아들을 믿을 수가 없었던 것이다. ─《전국책(戰國策)》〈진책(秦策)〉

7) 마원(馬援)이 처음에 교지(交趾) 태수로 있을 때에 늘 율무를 먹어 몸을 가볍게 하며 풍토병을 이겼다. 남방의 율무는 열매가 크기에 마원이 종자로 삼으려고, 군대가 돌아올 때에 수레 한 대에 싣고 왔다. 그가 죽은 뒤에 그를 헐뜯는 자가 임금에게 글을 올렸는데, 예전에 수레에다 싣고 돌아온 것이 모두 진주와 무늬 있는 무소뿔이라고 하였다. ─《후한서(後漢書)》권 24〈마원열전〉

8) 소평(邵平)은 진나라 동릉후였는데, 진나라가 망하자 베옷을 입고 가난하게 살면서 장안성 동쪽에다 오이를 심었다. 그 오이가 맛이 있어, 세상 사람들이 소평의 이름을 따서 동릉과(東陵瓜)라고 이름 붙였다. ─《사기(史記)》권53〈소상국세가(蕭相國世家)〉

호랑이 새끼를 얻어
養虎詞

산 속 늙은이가 호랑이 새끼를 얻어
그놈을 우리에 두고 길렀네.
잘 길들어지며 나날이 자라
제 자식처럼 가까이 두고 귀여워했네.
호랑이는 본성이 악하다며 아내가 말했건만
늙은인 성을 내며 더욱 사랑했네.
지금까지의 은혜를 돌아보기는커녕
끝내 늙은이를 물어 죽였으니,
늙은이가 어리석다고 모두들 비웃건만
나만은 억울한 늙은이를 슬피 여기네.

山翁得乳虎、　　養之置中園。
馴擾日已長、　　狎近如家豚。
妻言虎性惡、　　翁怒愛愈敦。
畢竟噬翁死、　　寧復顧前恩。
人皆笑翁愚、　　我獨爲翁寃。

산속
山中

산 속이라 날씨가 차가워
서리와 우박이 날마다 쌓이네.
해 그림자까지 점점 촉박해져
아침이 오자마자 벌써 저녁이 되네.
숲도 텅 비어 볼 만한 경치 없고
어두워진 뒤에야 새들이 돌아오네.
적막한 이곳에서 누구를 만나랴.
걱정이 찾아와도 풀 수 없어라.

山中風氣寒、　　霜霰日已積。
靡靡晷景促、　　纔早已成夕。
林空無留景、　　暝後有歸翼。
寂寞誰相顧、　　憂來不能釋。

칠언고시(七言古詩)

孤竹
崔慶昌

헤어지며

古意

1.

덜그럭덜그럭 수레 구르는 소리
하루에도 천만 바퀴 돌아간다네.
마음은 같건만 수레는 같이 못 타
우리들의 헤어짐 몇 차례일세.
수레바퀴 자국은 아직도 남았건만
아무리 님 생각해도 보이진 않네.

轔轔雙車輪、　　一日千萬轉。
同心不同車、　　別離時屢變。
車輪尙有跡、　　相思人不見。

---

* 이 시가 《역대여자시집》에는 〈고별리(古別離)〉라는 제목 아래 허난설헌
의 시로 실려 있다.

버들가지를 꺾어서

飜方曲

버들가지를 꺾어서 천 리 머나먼 님에게 부치오니,
뜰 앞에다 심어 두고서 날인가 여기소서.
하룻밤 지나면 새잎 모름지기 돋아나리니,
초췌한 얼굴 시름 쌓인 눈썹이 이 내몸인가 알아주소서.

折楊柳寄與千里人、　　爲我試向庭前種。
須知一夜新生葉、　　憔悴愁眉是妾身。

---

* 원 제목의 뜻은 〈번역한 방언 노래〉이다. 홍랑이 최경창에게 시조를 지어
  주었는데, 최경창이 위의 글처럼 한시로 번역하였다. 그 사연은 앞에 소
  개하였다.

부록

孤竹
崔慶昌

기개와 풍류의 시인 고죽(孤竹)

　조선왕조가 태평성대를 구가하던 16세기 중반에 시단(詩壇)에 일군의 시인이 등장하여 세인의 이목을 집중시킨다.

　이들이 바로 이달(1539-1612)·최경창(1539~1583)·백광훈(1537~1582)의 삼당파(三唐派) 시인이고, 이들 외에도 고경명(1533~1592)·임제(1549~1587) 등이 등장하여 시사(詩詞)로서 일세를 풍미한다. 전라도 사람이라는 공통점을 지닌 이들은 (이달만 충청도 사람이다) 발군의 재주를 가지고 서울의 시단에 등장하거니와, 그들이 발휘한 시의 조격(調格)과 정서가 당대(當代)의 그것과 방불하다 하여 당풍을 진작시킨 시인들로 한 시사에서 기록하고 있다.

　시운동의 차원에서 볼 때, 상호 깊은 우정을 맺고 있던 이들 시인의 활동은 고상한 의경(意境)과 엄정한 체재(體裁)를 숭상하는 송시풍에 대한 거부와 부섬(富贍)하고 민첩한 작시를 지향하는 대각(臺閣) 중심의 시인들에 대한 반발로부터 시작된다고 할 수 있다. 그 결과로 이들에게서는 인간의 삶을 낭만적으로 읊고, 시의 흥취를 숭상하며, 인생의 애상과 감개를 노래하는 서정시 본연의 모습이 나타나게 된다.

　그러나 당시풍으로서의 이러한 변화는 사회에 대한 시인 각자의 인식과 체험이 내재하고 있음을 주목하지 않을 수 없다. 이달의 애상과 절망, 임제의 격정과 비분강대함, 백광훈의 우수와 비애, 그리고 최경창의 기개와 풍류 같은 시적 특질은 그 이면에 남도인들의 낭만적 정감을 깊숙이 담고 있으며, 기득권을 가진 서울 상층사회의 사람들에 대한 지방인으로서의 불평과 반항을 당시풍(唐詩風)으로 표현하고 있음을 지적하지 않을 수 없다. 그들이 모두 뛰어난 재주에도 불구하고 방랑을 하고, 낮은 벼슬에 안주하여야 하는 불우한 삶을 보내야 했다는 것은 이를 반증하는 하나의 예이다. 이들의 시는 사회현실에 대한 저항과 인생의 감가불우(轗軻不遇)함에 대한 노래였다고 할 수 있다.

고죽은 당시대의 수많은 명사와 교유를 하였다. 예컨대, 율곡(栗谷) 이이(李珥)·우계(牛溪) 성혼(成渾)·사암(思庵) 박순(朴淳)·송강(松江) 정철(鄭澈) 등이 그들이다.

율곡은 고죽의 인생 태도에 대하여 빙상소리(氷上素履, 얼음이나 서리같이 자기의 본분을 지킴)라 말하고 있다. 고죽은 당시에 시와 서예·활쏘기·피리 등 많은 재주에 능하였고, 그의 나이 30세(1568)에 문과에 급제하여 청현직(淸顯職)에 오를 것이 기대되었으나 그의 재주를 시기한 자들에 의하여 저지되었다. 그 이유는 바로 타협을 모르는 그의 성격 때문이었다.

그는 〈感遇十首寄鄭季涵〉이라는 고시 제7수에서 다음과 같이 읊고 있다.

> 외로운 대나무가 가지와 잎도 없이
> 바닷가 산 위에 목숨을 붙였네.
> 해마다 서리와 눈 속에 묻힌 데다
> 벼랑마저 기울어 뿌리가 불안해라.
> 대나무를 어찌 재목으로 쓰랴마는
> 추위를 이기는 모습, 너무도 고귀해라.

孤竹無枝葉、　　寄生海上山。
年年霜雪埋、　　崖傾根未安。
豈是材可用、　　所貴能傲寒。

　여기에서 읊고 있는 제재인 고죽(孤竹)은 그의 호가 가진 내
포를 그대로 상징하고 있다고 보아도 좋을 것이다. 벼랑 위의
눈서리 속에 묻혀 있는 외로운 대나무의 이미지는 견고하고
굽힐 줄 모르는 강인한 정신력의 인간형을 제시한다. 그에게
는 이러한 대나무가 추운 겨울 속에 살지만 능히 추위를 오만
하게 이기면서 살아가는 바로 그것 때문에 삶의 가치를 지닌
다고 자랑스럽게 말하고 있다.
　그는 이처럼 자신이 그렇게 살아갔으면 하는 삶의 바람직
한 형상을 호(號)에 기탁하고 다시 시로 읊었다. 위의 시구는
직설적으로 그의 삶을 드러낸다. 그런데 강인하고 기개에 찬
그의 모습은 오히려 시의 내밀한 세계에 은밀하게 숨어 있다
고 할 수 있다.
　즉 그의 시는 간결하고 산뜻한 리듬과 시어를 구사하고 있
고, 의상(意想)에 있어서는 나약함이나 방종함을 보여주지 않
는다. 그는 율시나 장시보다는 짧은 절구에 그의 장기를 보이
는데 고죽에게 있어 짧은 시는 그의 세계를 표현하는 최상의
형식이라 할 수 있으며, 그것은 삼당파의 특징이기도 하다.

　가을 바람이 낡은 절간에 불어오고,
　산 속 빗줄기에 나뭇잎들이 울며 떨어지네.
　빈 곁채는 고요해서 스님도 없는데
　돌마루에 향불만 실오라기처럼 피어오르네.

<奉恩寺僧軸·2>
秋風吹古寺、　　木落啼山雨。
空廊寂無僧、　　石榻香如縷。

저 멀리로 해는 떨어지고
쓸쓸한 바람이 물결을 일으키네.
배 매어 둔 곳이 멀리 보이니
저쪽 강 언덕에는 집들도 있겠네.

<詠畫>
窅窅日沈夕、　　蕭蕭風起波。
遙知泊船處、　　隔岸有人家。

　시에 있어서 없음은 있음을 은연중 전제하고, 없음은 은연
중 있음을 예상한다. 첫 시에서 향불이 실오라기처럼 조용히
올라간다는 사실은 사람이 아무도 없음을 의미하여 앞구의
승려 하나 없는 고독한 정경을 형상화하고 있고, 이는 다시
봉은사에 살고 있는 스님의 외출을 의미하며, 앞의 두 구에서
스님이 없기에 황량하게 변한 산 풍경을 그림으로써 시인과
만난 스님의 귀사(歸寺)를 예상하고 있다.
　둘째 시는 손곡(蓀谷)과 함께 지은 시로서 그림은 바로 〈虛
舟繫岸圖〉이다. 고죽의 시의 낙구(落句)에서는 강 너머에 인
가가 있다고 읊음으로써 배에 타고 있던 사람들이 그 인가에
있음을 제시하고 이는 바로 강가에 정박한 배에 아무도 없다
는 사실을 의미한다. (홍만종(洪萬宗)의《小華詩評上》에서는 이 시구
를 손곡의 泊舟人不見, 沽酒有漁家와 비교하고 고죽의 시에는 人不見이라
는 말을 쓰지 않고서도 그 뜻을 보였다고 높이 평가하였다.) 이와 같은

어부들의 부재는 앞의 두 구에서 해가 저물었고, 바람에 물결이 일어난다는 것을 읊음으로써 제시하고 있다. 이상의 두 시에서 나타나는 것과 같은 부재감과 고독한 영상들은 그의 시를 안받침하고 있는 주요한 정서이다.

그에 관하여 전해 오는 사연은 그의 풍류와 멋스러움, 그리고 자유스러운 삶의 추구에 관하여 이야기하고 있는데, 대가적 풍모가 엿보이는 그러한 삶을 영위한 그의 시에 있어서는 인생의 일상적 고독과 애상, 이별과 슬픔이 전편에 흐르고 있다. 이 두 시에서 볼 수 있듯이, 그의 절구는 구와 구 사이에 표면적으로는 성근 모습을 보이지만 내면적으로는 깊은 관련과 계기성을 보여주어 매우 함축적인 시상의 전개를 하고 있다.

그의 절구는 어떤 영상을 창조하기 위한 조탁이 없고, 특별히 새로운 의상(意想)을 창출하기 위한 노력보다는 음감의 조절에 의해 낭만적 정감을 밀도있게 표현하려는 노력을 기울인다. 이와 같은 시풍을 보이기에 교산 허균은 "그의 시가 백광훈에 대비할 때 한경(悍勁)하다"고 평가하였는데 이 평은 고죽의 삶이 보여주는 기개의 정신자세와 무관하지 않다고 할 수 있다.

우암(尤庵) 송시열(宋時烈)이 그의 인격을 평하여 청고지절(淸高之節)을 지녔다고 한 것도 같은 맥락을 가지고 있다. 고죽은 천근(淺近)한 시어를 운용하여 깊은 정절(情節)과 사연을 함축시킴으로써 절구라는 형식이 가지고 있는 특성을 잘 발휘하고 있다. 그것은 또 짧은 형식이기에 장시가 잘못 산만하고 지리한 데로 흐르기 쉬운 점을 면할 수 있어 그의 정신을 표현하는 데 매우 적절한 형식이었다고 할 수 있다. 또한 이러한 소시(小詩)는 그의 선배들이 보여준 답답한 율시의 고착된 형식미에서 벗어나 흥(興)이라는 호남 사람의 서정과 가락을 발휘하기에 매우 적절한 형식이었다.

예전 장안 살 때에
흰 모시 치마를 지었었지요.
그대 헤어지고 나선 차마 입을 수 없네요.
노래 부르고 춤 춰도 같이 할 수 없으니까요.

<白苧辭>
憶在長安日、　　　新裁白紵裙。
別來那忍著、　　　歌舞不同君。

띠로 엮은 암자가 흰 구름 사이에 얹혀 있는데,
늙은 스님은 서쪽으로 노닐러 가서 오래도록
돌아오지 않네.
누렇게 물든 나뭇잎 날리며 성긴 빗줄기가 지나간 뒤에,
차가운 경쇠를 홀로 두드리다 가을 산 속에서 잠드네.

<寄性眞上座僧>
茅菴寄在白雲間。　　　丈老西遊久未還。
黃葉飛時疎雨過、　　　獨敲寒磬宿秋山。

첫 번째 시는 이별의 슬픔을, 두 번째 시는 맑고 담박한 정경
을 그리고 있다. 고죽의 시를 한시의 입장에서 감상할 때 가장
먼저 다가오는 점은 바로 그 운율의 아름다움이다. 고죽의 시
에서는 흥(興), 향(響) 그리고 가락으로서의 해조(諧調)가 부드럽
게 느껴진다. 그래서 소리내어 읊지 않고 마음속으로 시를 읽
는 자는 이 시의 가장 주요한 아름다움을 일단 놓치게 된다.

교산은 이렇게 말하고 있다. "고죽의 시는 한 편 한 편이 모두 아름답다. 반드시 단련과 조탁을 거친 뒤 마음에 든 것만을 내놓았기 때문이다" 그가 단련, 조탁한 것은 분명 읽어서 군색하지 않고 막힘이 없는 유려한 음악적 시를 만들고자 해서였을 것이다. 위에 인용한 시에서 그 점은 분명하게 드러난다. 그러나 시의 그 같은 음악적 해조(諧調)가 지나치게 중시됨으로 인해서 내용이나 정서를 압도하여 독자로 하여금, 더구나 현대의 읽는 시에 익숙한 독자로 하여금 그가 표현하는 정서나 정경에로 쉽게, 그리고 깊숙하게 빨려 들어가지 못하게 막고 있다는 단점도 가지고 있음을 지적하지 않을 수 없다. 이 점은 고죽의 시가 가진 장점이면서 동시에 단점이기도 하다.

　　그런데 이러한 특성은 그의 삶의 저 풍류아적 방종, 자연의 원기에 좀더 충실하려는 노력, 그리고 남도인 특유의 흥취에 대한 체득에 기인한 것이라고 할 수가 있다. 인용된 시에서는 학자풍의 고상함과 신선한 의경(意境) 그리고 분석적 냄새는 발현되지 않는다.

　　백곡(柏谷) 김득신(金得臣)이 지적한 바와 같이, 그의 시에서는 향(響)이 있을 뿐 이(理)가 존재하지 않는다. 이와 같은 특질은 분명 해조(諧調)도 없고 정경(情境)도 드러나지 않는 선배 시인들의 무미한 시에 비한다면 큰 혁신이라 할 수 있을 것이다. 그러므로 우리가 고죽의 시를 그 맑은 정경과 유려한 가락을 중심으로 감상한다면, 그가 시사 위에 이루어 놓은 공헌도 놓치지 않으면서 기개와 풍류를 지닌 작가로서의 성취도 동시에 포착할 수 있을 것이다.

　　— 安大會

연보

- 1539년(중종 34), 전라도 영암에서 태어났다. 자는 가운(嘉運)이고 호는 고죽(孤竹)이니, 평안도 병마절도사를 지낸 수인(守仁)의 외아들이다.
- 1551년, 백광훈과 함께 청련(靑蓮) 이후백(李後白)에게 글을 배웠다. 양응정(梁應鼎)의 문하에도 드나들었다.
- 1562년, 진사에 합격하였다.
  이 무렵에 율곡 이이·구봉 송익필·동고 최립 등의 시인들과 무이동에서 시를 주고받으며 놀았으므로, 세상 사람들이 팔문장(八文章)이라고 불렀다. 또 송강 정철·만죽 서익 등의 명사들과 삼청동에 모여 놀았으므로, 세상 사람들이 이십팔수회(二十八宿會)라고 불렀다.
- 1568년, 문과에 급제하였다.
- 1573년, 북도평사(北道評事, 정6품)에 임명되어 군막에 부임하였다. 여기서 홍랑(洪娘)이라는 기생을 사랑했는데, 군막 안에까지 따라다녔다.
- 1574년, 봄에 최경창이 서울로 돌아오게 되자, 홍랑이 쌍성까지 따라와서 헤어졌다. 돌아오는 길에 함관령에 이르자, 날은 저물고 비가 어둡게 내렸다. 홍랑이 노래 한 장을 지어서 최경창에게 보내고는, 소식이 서로 끊어졌다.
- 1575년, 최경창의 병이 깊어졌다. 봄부터 겨울까지 침상과 이불을 떠나지 못하였다. 홍랑이 그 소식을 듣고는 그날로 길을 떠났는데, 일곱 날 밤낮이 걸려서야 서울에 이르렀다.

그때에는 양계(兩界) 사람들의 서울 출입을 금한 데다 마침 인순대비의 국상을 만났으므로, 비록 국상이 지나가긴 했지만 평상시와 같지 않았기에, 이들의 일이 사람들의 입에 오르내리게 되었다. 그래서 최경창은 벼슬을 내어놓았고, 이듬해 여름에 홍랑도 자기 고향으로 돌아갔다.

• 1576년, 명나라에 사신으로 다녀왔다. 전라도 영광 군수(종4품)로 부임하였다.

> "손곡 이달이 최경창을 따라서 영광에 노닐었는데, 사랑하는 기생이 있었다. 자줏빛 비단을 사주고 싶었지만, 그 값을 구하지 못하였다. 그래서 이달이 시를 지어 그 값을 빌었는데,
>
> > 중국 상인이 강남의 시장에서
> > 비단을 팔고 있는데,
> > 아침 해가 떠오르며 비치니
> > 자줏빛 연기가 피어나는구나.
> > 아리따운 여인이 그걸 가져다가
> > 치마 띠를 만들고 싶어 하지만,
> > 주머니 속을 아무리 뒤져도
> > 값어치 나갈 돈냥이 없네.
>
> 최경창이 이르기를 '손곡의 시는 한 글자에 천금씩이나 값이 나가니, 어찌 감히 비용을 아끼겠느냐?'라고 하면서, 글자 하나마다 각각 세 필씩을 쳐서 그가 구하던 것을 대어주었다."
> — 허균 《학산초담》

- 1577년, 벼슬을 떠나 고향으로 돌아갔다. 이 뒤로도 대동찰방(종6품)을 거쳐 종성부사(종3품)가 되었지만, 품계를 뛰어넘은 임명과 참소 때문에 그만두게 되었다. 최경창이 당시에 재상이었던 이산해와 처음에는 친밀하게 지냈는데, 그의 마음이 공평치 못한 것을 알고는 교유를 끊었다. 그래서 바깥 고을로만 떠돌아다니게 되었다.
- 1578년, 삼당시인이 남원에서 광한루 시회로 모이고 1580년에는 대동강에서 부벽루 시회로 모였다. 젊은 시절에는 주로 봉은사에서 모여 시를 지으며 놀았다.
- 1583년, 성균관 직강(直講, 정5품)에 임명되어 서울로 올라오다가, 경성 객관에서 죽었다.

原詩題目 찾아보기

옮긴이 **허경진**은 연세대학교 국어국문학과를 졸업하고,
같은 대학원에서 문학박사 학위를 받았다. 목원대학교 국어교육과 교수와
열상고전연구회 회장을 거쳐, 연세대학교 국문과 교수를 역임했다.
《한국의 한시》총서 외 주요저서로는《조선위항문학사》,《허균 평전》,
《허균 시 연구》,《대전지역 누정문학연구》,
《성호학파의 좌장 소남 윤동규》등이 있고,
옮긴 책으로는《연암 박지원 소설집》,《매천야록》,
《서유견문》,《삼국유사》,《택리지》,《허난설헌 시집》,
《주해 천자문》,《정일당 강지덕 시집》등 다수가 있다.

韓國의 漢詩 8

孤竹 崔慶昌 詩選

초   판 1쇄 발행일   1990년 11월 20일
개정증보판 1쇄 발행일   2021년 5월 31일

옮 긴 이   허경진
만 든 이   이정옥
만 든 곳   평민사
           서울시 은평구 수색로 340〈202호〉
           전화 : 02) 375-8571
           팩스 : 02) 375-8573
           http://blog.naver.com/pyung1976
           이메일   pyung1976@naver.com
등록번호   25100-2015-000102호
ISBN   978-89-7115-773-2 04810
           978-89-7115-476-2 (set)
정   가   12,000원

韓國의 漢詩

한시는 단순한 한 편의 작품으로서의 시가 아니다. 그 시에는 그 시를 지은 사람의 학문관, 정치관 등을 포함한 모든 것이 담겨 있다. 그러므로 우리가 한시를 읽는다는 것은 우리 선조들의 정신을 그대로 들여다보는 것과 같다. 그리고 거기에 담긴 시정신은 현재 우리 정신문화의 원형이라고 할 것이다. 우리 한시문학사를 대표하는 시인들을 엄선하여 한글 세대에게 널리 읽혀지고 이해되도록 정확하고 쉽게 번역하여 총서로 펴내고 있다. _허경진 교수 옮김

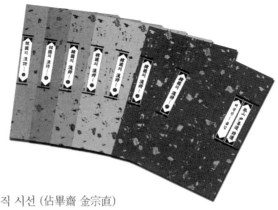

任皙宰全集
韓國口傳說話
한국 구전설화 | 임석재 전집 (전12권)

원로 민속학자 임석재 선생이 이북 지방을 비롯한 우리 나라 전 지역에서 입으로 전해 오던 구전설화를 한데 모아 엮은 한국 민속학계 사상 최초의 본격 구전설화집이다. 평범한 대중들의 생활철학과 인생관, 역사관 등이 생활풍습과 토속어에 버무려져 때로는 고상한 일화로, 때로는 신비로운 이야깃거리로 그러다 혹 간은 흐벅진 육두문자로 살아 숨쉬고 있는 이 책은 설화마다 채집한 지역과 날짜, 구술자를 적어 놓고 있어 그 가치를 더욱 높여 주고 있다.